춤추는 영혼들

전상배 희곡집

전상배 희곡집

춤추는 영혼들

DANCING SPIRITS

그들만의 또 다른 세상

차례

언뜻,
바람이 부는가 했는데
문득,
비가 내리는가 하더니
시나브로,
맑은 봄 햇살이 쏟아진다.

가는가 하면 제자리인 듯하고 제자리인가 하면 뒤돌아 온 듯하다. 살아오며, 살아가며. 어디를 헤매는지 모르겠다가도 여기가 거기인가 싶다. 그러다가 또 거기가 여기였나? 하며 짐을 싸들고 나선다. 그렇게 맴돌고 나서기를 반복하다 보니 여기도 거기고 거기도 여기다.

힘겹게 오늘과 싸우는 사람들. 저기서 아우성이 들리는가 보면 다른 쪽에서 또 소리가 들린다. 어느 쪽에 귀를 기울여 들어야 할지 머뭇거리는 사이 지글지글 머릿속은 끓어오른다. 피가 끓다가 구멍이 난 혈관 사이를 흘러 냄비의 기름이 튀듯이 알 수 없는 곳으로 튀어 오른다.

내가 머무는 공간에서부터 내가 머물지 못하는 먼 공간에 이르기까지. 이리저리 뛰어다니다 보니 땀범벅이다. 여기저기서 마구 튀어나오는 누군가의 상처들. 몸으로도 어찌하지 못하고, 돈으로도 어찌하지 못하는 누군가의 상처들. 어루만져야 할 상처들을 쫓다 보니 내 상처가 보이지 않는다. 아니, 내 상처가 부끄럽다.

그래서 나는 글을 쓰고 무대와 함께 있다. 내 부끄러운 상처를 조금이나마 감추기 위해서. 열정으로 끄적거리고 끄적거려 본다. 마치 내 부끄러운 상처가 모두 감춰지기라도 할 것처럼. 정말 감춰질 수 있을까? 저들의 상처를 어루만지지도 못한 채, 나는 지금 내 상처를 감추기가 바쁘다.

세상이 병들었다고 하나, 세상을 병들게 한 것은 무엇인가? 아픔이란 것들에 상처받은 것들을 볼 수 있다면, 아무것도 치료할 수 없는 자신을 돌아본다면, 내 상처는 부끄러움 이외에 아무것도 아니다. 그러니 웃자. 행복한 웃음을 웃어 주자. 행복을 잃어버린 이들이 행복을 잊어버리지 않게. 위로를 잃어버린 이들이 위로를 잊어버리지 않게. 곳곳에 아파하는 이들, 아파하는 무엇인가를 하나씩 다른 시선으로 들추어 본다. 나는 다른 시선이라는 이름으로 내 부끄러움을 감추기 위한 웃음을 웃는다.

배고픈 길냥이들은 어디에서 무엇을 하고 있을까? 버려진 개들은 어떻게 버려지게 되었을까? 배고픈 길냥이와 버려진 개들은 이 밤에 무엇을 하고 있을까? 아마도 이들 또한 행복을 추구하며 화려한 도시와 공존하는 꿈을 꾸고 있을지도…. 「우리 집 뜨락에는」은 배고픈 길냥이와 버려진 개의 시선으로 말하고 있다. 함께 어우러지는 웃음을 지어 보자고….

전쟁과 재난. 그것을 만들어 낸 사람과 희생된 사람. 그들은 영혼이 되어서도 그렇게 살아가고 있을까? 국가라는 이름으로 희생을 당연시하며 자신의 영광이 거기에 있다고 믿으며 이승을 벗어나지 못하는 영혼들의 바보 같은 모습. 재난으로 희생된 이들이 이승에서 이루지 못한 꿈을 이루기 위해 방황하는 모습. 「춤추는 영혼들」에서는 그러한 모습의 영혼들이 그들만의 음악에 맞춰 춤을 춘다.

국가라는 이름으로 희생을 강요하는 사람과 강요받는 사람. 그리고 최소한의 사람 된 도리가 무엇인가를 강변하는 사람. 그러한 사람들이 원작 「안티고네」의 꿈을 꾼다. 「꿈 '17 안티고네」는 현대에서도 사라지지 않는—어쩌면 영원히 사라지지 않을—국가의 정의와 사람으로 살아가는 최소한의 가치라는 대척점에 대한 시선으로 원작 「안티고네」에 관한 질문을 던지고자 한다.

힘겹게 살아가는 이웃들의 모습에서 희망을 읽어낼 수는 없을까? 그 희망이 이루어지지 못한다 하더라도 행복을 잃지 않고 살아갈 수는 없을까? 「봄이 오는 소리」는 실업난에 허덕이는 청년, 도시가 노령화되며 치매라는 병이 사회적 문제로 대두되는 현실에 대한 시선이다. 이러한 현실에 희망이라는 단어와 행복이라는 단어를 얹어 웃음으로 뒤섞으면 우리는 서로를 위로할 수 있을까?

역사는 기억됨으로 반복되는 것인가? 추모할 수 있으므로 더 나은 세상이 되는 것인가? 모든 기억을 잊어버린다면 새로운 역사를 시작할 수 있을 것인가? 우리는 왜 애써 기억하려고 하는 것인가? 시대가 변하면 망각되어야 하는 것인가? 「초대_바다에게 말을 걸다」는 항쟁의 역사를 바라보는 각자의 시선에 관한 이야기다.

빚더미를 견디지 못해 가족이 동반자살을 선택했다는 뉴스를 심심치 않게 접한다. 그들이 힘겨움을 극복하지 못했던 이유는 무엇일까? 단순히 개인의 문제일까? 세상이 그렇게 만들어버린 것은 아닐까? 세상을 이겨내며 살아가는 이유는 무엇일까? 엄마라는 이유만으로, 딸이라는 이유만으로, 우리는 그 이유만으로 이 힘겨운 세상을 이겨내야만 하는 것일까? 「엄마, 다시 가을이 오면…」은 현실의 힘겨운 삶을 이겨내려는 엄마와 딸의 시선이다.

「초대_바다에게 말을 걸다」에서 남자가 말한다. "바로 그거야. 하나씩 잊어버리는 것. 배고픔도 잊고 생각하는 것마저도 잊어버리게 되면 평화가 찾아올 거야." 과연 평화가 찾아올 수 있을까? 죽음이 아니라면… 우리는 평화를 찾아 내일 또 새로운 시선으로 세상과 마주 서야 할 것이다.

우리 집 뜨락에는 ⓒ최우창

우리 집 뜨락에는

공연 약력

2022.10.25.(화)~10.29.(토) 공간소극장
2023.6.20.(화)~6.24.(토) 공간소극장

등장인물

'가'(개)
'나'(고양이)

무대

누구도 찾지 않을 것 같은 산기슭.

산기슭에서는 화려한 해변을 끼고 있는 도시가 한눈에 내려다보인다. 산기슭, 그 아래 재개발 바람이 불어 우후죽순처럼 올라간 높은 아파트와 빌딩이 서 있고, 또 다른 한쪽에서는 이에 질세라 한창 재개발이 진행되고 있다. 그것들을 연결하는 널따란 도로에는 무수히 많은 차량들이 지나다니고, 널따란 도로에서 이어진 작은 도로는 화려한 해변과 연결되어 있다.

사건이 벌어지는 장소인 산기슭에는 온갖 잡동사니 쓰레기가 나무와 수풀 사이에 널려있다. 밥통, 프라이팬, 수저, 장난감, 책, 천막, 페인트 통, 비닐, 종이박스, 페트병, 판자 등.

#1장 꼭꼭 숨어라

개 소리 사납게
담벼락을 부수는 소리
콰아앙 쿠콰쾅
고양이 소리 사납게
집을 부수는 소리
콰우쿵 푸악쾅
햇살
나무 그림자
그늘진

'가'가 급하게 뛰어 들어와 숨는다. 한참 동안 누가 쫓아오는지를 살피다가 겨우 나와 도망쳐 온 길을 살핀다. 조금은 안심이 된 모양, 천천히 주변을 살핀다. 그러다 산 아래로 보이는 화려한 풍경을 발견한다.

가   와~ 예쁘다! 정말 예쁘다! 햇살에 반짝이는 바다. 바다를 가르는 다리. 그리고 넓게 펼쳐진 백사장. 이국적인 도시의 빌딩들까지.

눈을 감고 깊은숨을 들이쉬고 또 내쉬기를 반복하는 '가'
순간, 무슨 소리를 들었는지 움찔하며 귀를 기울인다.

가	내가 잘못 들은 거야. 여기까지 설마… (주변을 살피며) 수풀이 울창한 게 숨기에는 딱이군.

'가', 무슨 소리를 들었는지 이번에는 빠르게 숨는다.
'나'가 쫓기듯 뛰어 들어와 한쪽에 숨는다. '가'가 숨어 있던 곳과 같은 곳이다. 깜짝 놀란 '가'와 '나'. 소리 지른다.

나	누구야?
가	그러는 넌 누구냐?
나	나?
가	그래 너?
나	너부터 신분을 밝혀라!
가	여기는 내가 먼저 왔어.
나	그러니까 내가 먼저 신분을 밝혀라?
가	그래.
나	그런 게 어딨냐. 네가 먼저 신분을 밝혀라!

'가', 무슨 소리를 듣기라도 한 것처럼 출입구가 될 만한 곳들을 조심스레 살핀다.
'나', '가'의 행동을 따라 '가'가 살핀 곳을 유심히 살핀다.
'가'가 다른 곳을 살피다 '나'와 부딪친다. 깜짝 놀라 소리 지른다. '나'도 덩달아 소리 지른다. 서로 멀찌감치 떨어져 몸을 반쯤 숨긴 채, 잔뜩 긴장한 채로 조용히 귀를 기울인다. 조금은 안심이 되는 모양, 서로를 뚫어져라 바라본다.

가	(조심스럽게) 여기는 내 집이야.

나	여기가?
가	그래, 내가 먼저 왔으니까.
나	먼저? 얼마나 먼저?
가	많이.
나	많이? 얼마나 많이?
가	엄청나게 많이.
나	그러니까 그게 얼마나 많인데?
가	(겨우 말한다) 5분.
나	(웃으며) 5분? 너 방금 5분이라 그랬냐?
가	그래. 5분.
나	하긴, 5분이면 우주로 발사된 로켓이 인공위성을 자기 궤도에 올리고도 남을 시간이지. 맞아, 지상과 교신도 끝났겠다. 아무리 그래도 이건 아니지. 도착한 지 5분 만에 내 집이라니, 그사이에 집을 다 지어버렸네. 말도 안 돼.
가	말이 돼. (허둥지둥 아무 곳이나 가리키며) 여기가 안방이고, 여기가 내 집 뜨락이야. 저기 바다까지 전부 다!
나	(비아냥) 5분 만에 집을 다 짓다니, 엄청난 기술이야.
가	그래. 그러니까 나가.
나	(당당하게 소리치며) 웃기지 마. 못 나가. 숨어 살기에는 딱 좋은데.

'가'는 '나'의 소리를 누가 듣기라도 했을까 봐 다시 주변을 살피며 귀 기울인다.

가	쉿! 목소리 낮춰.

'나', 주변을 한번 휘 둘러 보고는 '가'의 움직임에 아랑곳하지 않고 노래를 부른다.

'가'는 '나'에게 소리를 낮추라고 몸짓을 하며, 안절부절 어쩔 줄 몰라 한다.

나	(노래한다)
	시끌거리는 기계 소리
	세상을 메우더니
	다정한 바람 소리
	수풀을 달래는구나
	이곳은 어디인가
	전장인가 낙원인가

가	사람들이 우릴 찾아낼 거야. 잡혀가고 싶어? 제발 좀 조용히 해.
나	조용히 하면?
가	조용히 하면, 조용히 하는 거지.
나	그리고?
가	그리고 여기를 나가.
나	나가? 내가? 안 돼. 여기는 숨어 살기에 딱 좋아. 비밀스러운 장소.
가	비밀은 공유하는 순간 비밀이 아니야. 어떤 일이 벌어질지 알 수 없다는 말이지. 그러니까, 조용히 나가.
나	끝까지 주인행세를 하시겠다.
가	여긴 내 집이니까.
나	주인 없는 산기슭에서 주인행세라니. 어이없다.

가	끝까지 안 나가겠다는 거지. 좋아. 노래하고 싶으면 노래하고, 소리 지르고 싶으면 소리 질러! 해봐!
나	하라면 못 할까 봐!
가	(큰 소리) 어디 해보라구! 해봐! 사람들, 우리가 여기 있어요. 노래 불러! 해봐!

'나', 안절부절 어쩔 줄 몰라 하며 주변에 귀 기울인다.

나	이러다 사람들이 진짜 오겠어.
가	네가 먼저 시작했어.
나	같이 죽자는 거야?
가	내가 하고 싶은 말이다.
나	알았어. 알았다구.
가	뭘 알았는데?
나	원하는 게 뭐야?
가	원하는 거?
나	그래, 원하는 거.

'가', 한참을 고민한다.

가	원하는 거라. 거래를 하자는 말이지?
나	뭐든 말해봐. 내가 할 수 있는 건 다 해줄게.
가	그래? 다?
나	그래. 다.
가	너, 먹을 거 좀 있냐?

나	먹을 거?
가	먹을 거 없어?
나	도시에는 위험한 것들이 많아. 알잖아. 이리저리 도망 다니는 신세가 먹을 게 어딨냐?
가	뭐든 말해보라며. 다 해준다며. 없어?
나	없어. 다른 건 해줄 수 있는데.
가	다른 건 필요 없어. 먹을 거. 그게 필요해.
나	어떻게 안 되겠냐?
가	아무런 도움도 안 되는데 위험을 감수할 필요는 없지. 나가!
나	내게로 왔으니 인연이요. 앞뒤 바꾸면 연인이라. 너무 박하게 굴지 마.
가	인연? 연인? 언제 봤다구.
나	(가까이 가며) 이렇게 만난 걸 보면 전생에 특별한 인연이….
가	(멀리하며) 오, 끔찍한 인연이겠지.
나	끔찍하다니? 너야말로 끔찍해. 못생겨가지고.
가	뭐야! 맛 좀 볼래?
나	그럴지 알았어. 그렇지. 세상 이치가 그래. 바람이 흙으로 돌아가듯 그렇게 뒤엉켜 부딪치다가는 사라지는 거지. 아무도 모르게 땅속으로 스며들어 거름이 되는 거야. 시간이 지나면 그 거름이 자라나서 바람이 되고, 그 바람은 또 다시 흙으로 돌아가고. 그렇게 뒤섞여 또 사라지고.
가	뭔 소리야?
나	어렵게 생각할 거 없어. 그냥, 여기 있겠다. 안 간다. 그런 말이야.

가	죽고 싶어 환장을 했구나.
나	죽이든지 말든지 마음대로 해.
가	나가.
나	못 나가.
가	못 나가?
나	안 나가.
가	안 나가?
나	못 나가. 안 나가.
가	신이시여, 왜 나에게 이런 시련을 주시나이까!
나	('가'를 흉내 내며) 신이시여, 왜 나를 시험에 들게 하시나이까!
가	너 지금 뭐 하는 거야?
나	쉿!

'나', 갑자기 한쪽으로 숨는다.

'가', 일단 덩달아 숨는다.

한참 시간이 지나고 나서 대화를 이어간다.

가	무슨 소리가 들렸어?
나	잘 들어 봐. (사이) 신이 우리를 시험하는 소리.
가	야! 너 지금 장난하냐!
나	아냐. 장난이라니. 신은 늘 우리를 시험하고 있어.
가	죽을래?!
나	그래! 그거야! 나도 모르게 솟구치는 울분. 본능적인 움직임. 우리는 본능대로 살아가는 거야. 숭고한 신이 아니라,

	숭고한 본능. 우리가 여기 온 것도 그래. 그리고 너, 지금 배고프지? 배고프다고 말하면 내가 좀 줄 수….
가	응. 그래, 그래. 배고파. 먹을 게 있어?
나	배고픔의 본능. 신의 숭고함은 그 본능으로부터 시작된다. 그러므로 본능 또한 숭고하다. 다시 말해, 신의 능력은 자연의 숭고함으로 나타나고, 자연의 숭고함은 본능으로부터 시작되니까, 본능 또한 숭고하다. 그런 말이야.
가	어렵다. 머리가 어지러워. 그딴소리 그만하고 먹을 거 좀 내 봐.
나	없어.
가	없다니? 너, 좀 전에….
나	순박해 보이더니, 약간 모자라네. 없어.
가	없다구? 너, 내가 바보로 보이냐? 나를 혼란스럽게 하는 악마. 혼돈의 짐승이여! 너는 여기서 당장 사라질지어다!
나	(크게 웃으며) 악마? 혼돈? 웃음을 주니 고맙다.
가	나가지 않겠다는 거지. 그렇다면, 전쟁을 선포하겠다. 신이 허락한 계절의 전쟁.
나	너 설마 또 시끄럽게 하려는 건 아니지?
가	너를 쫓아낼 수 있다면야!

'나', 긴장한 채 주변에 귀 기울이며 '가'를 진정시켜 보려고 하지만 안 된다.

| 가 | (노래한다)
봄이면 화학전을 개시한다
온갖 꽃 향이 너를 매혹시키고 |

멈출 수 없는 춤을 출 것이다

여름이면 포격전을 개시한다
숭고한 번개가 너를 내려치고
거센 빗줄기에 뒤덮일 것이다

가을이면 심리전을 개시한다
색의 향연이 너를 혼란케 하고
산천을 헤매다 실족할 것이다

겨울이면 게릴라전을 개시한다
냉혹한 바람이 너를 두렵게 하고
미친 배고픔에 동사할 것이다

나   아이고, 무서워라!

가   무섭지?

나   그래. 실컷 떠들었냐?

가   왜? 좀 더 해줘?

나   아니다. 됐다.

가   그러니까, 나가는 게 좋아.

'나', 나가려다가 돌아선다.

나   한 가지만 물어보자. 내가 왜 그렇게 싫은데?

가   네가 언제 어떤 놈을 달고 나타날지, 무슨 짓을 할지 어떻게 알아? 난, 아무도 안 믿어.

나   그럼, 네가 나가면 되겠네.

가   내가 왜? 말도 안 돼!

나   그것 봐. 너도 안 나갈 거면서 왜 나보고 나가라 그래?

가   여긴 내 집이니까.

나   여긴 숲이고, 저긴 바다야. 누구의 것이 아니야. 그냥 자연의 일부인 거지. 그게 내 집이라고 우기면 내 집이 돼?

가   그래. 돼! 그놈들도 그랬어.

나   그놈들이라니?

가   날 쫓아낸 놈들. 엄청난 소리를 내는 무서운 기계들.

굉음. 갑자기
건설기계들의 굉음 소리. 쿵! 쿵!
집을 부수는 소리. 푸악! 쾅!
'나', 놀라서 한쪽으로 자리를 옮겨 몸을 숨긴다.
'가', 놀라서 한쪽으로 자리를 옮겨 잔뜩 웅크렸다가는 살인이라도 할 모양.
거세다.

조명, '가'의 모습만 동그랗게
'가', 집이 철거되던 때를 회상한다.

가   (독백) 야~! 부수지 마! 다가오지 마! 내 목소리가 안 들려! 아악! 내 집이 부서지잖아! 꺼져! 꺼지라구! 여긴 내 집이야!

조명, '나'의 모습만 동그랗게

'나', 공사장 안전모를 쓰고 철거용역이 된다.

나(용역) 야! 저 새끼 봐라~ 깡다구 있네, 새끼!

가 너희들이 뭔데 내 집을 부숴. 여긴 내 집이라고.

나(용역) 너, 그러다가 바로 골로 간다! 대가리가 으깨져 봐야 아픈
지 알겠냐. 좋은 말할 때 꺼져라.

가 (주인을 애타게 부르며) 할아버지. 할아버지. (주인은 답이 없다)
할아버지가 돌아오실 거야. 할아버지가 돌아오시면 너희
들 다 죽었어.

나(용역) 네 주인은 안 와. 안 온다고. 그렇게 악을 써봐야 소용없
다니까.

가 한 발짝만 더 와. 내 턱관절이 부서지는지 니들 몸뚱이가
부서지는지, 어디 해보자!

나(용역) 처세를 잘해야 돼. 지금은 네가 나설 때가 아니라니까.

가 오지 마! 오지 마!

나(용역) 때가 되면 주인이 바뀌기도 하고, 때가 되면 주인이 사라
지기도 하고, 나설 때 나서야지. 상황에 따라서 처세를 못
하면 병신 된다니까.

가 마지막 경고야. 오지 마!

나(용역) 죽기를 각오하고 덤비면 죽어. 죽으면 허망해. 살기를 각
오하고 도망치면 살아. 어차피 태어난 목숨, 좀 비겁하면
어때. 티끌만큼이라도 남은 미련이 있다면, 그놈이 싹을
틔울지 어떻게 알아? 그러니까, 도망쳐!

가 부수지 마! 부수지 말라구! 여긴 내 집이야.

나(용역) 이 새끼가!

건설 기계들의 굉음 소리. 건물 부서지는 소리.

'나'(용역), 몽둥이질을 한다.

'가', 대항해 보지만 아프다. 대항할 힘을 잃고, 허망하게 쓰러진다.

나(용역)   도망쳐. 도망쳐! 도망칠 수 있을 때 도망치는 거야. 너, 잡
          히면 진짜 죽어. 안락사라고 들어봤냐?

'가', 무서움에 떨고 있다.

가   여긴, 내 집이야. 제발, 여긴 내 집이라구. 난, 할아버지를
        기다려야 돼. 나중에 할아버지가 돌아왔을 때, 내가 없으
        면, 그러면 어떻게 해? 나는 여기서 기다려야 한다구. 할
        아버지. 할아버지. 할아버지.

조명, 무대 전체를 서서히 밝히면 '나'는 자신으로 돌아오고, '가'의 회상은 현
실이 된다.

나   하부러지. 하부러지. 하부러지.

'가', 무슨 소리를 듣기라도 한 것처럼 긴장해서는 '나'에게 손짓하며

가   쉿!

조용하다.

'가'와 '나', 한참을 귀 기울인다.

나	조용한데. 너, 헛소리가 들리냐?
가	시끄러. 그 입 좀 닥쳐.

'가'와 '나', 다시 귀를 기울인다.

푸드득

까마귀 소리 찢어질 듯

'가'와 '나', 겨우 긴장을 푼다.

나	까마귀였네.
가	….
나	왜 그래? 완전히 일그러진 그 표정. 뭐지? 아~. 배가 고파서 그러는구나.
가	조용히 좀 해. 제발.
나	나도 배고파. 뜨거운 햇살, 반짝이는 바다, 예쁜 구름이 뭉게뭉게. 조금만 기다리면 해걷이바람이 불겠지?
가	난, 오늘 너무 피곤한 하루였어.
나	나 역시 그래. 무척이나 피곤한 하루였지.
가	서로의 평화를 위해 협조를 부탁해.
나	나 역시 부탁해.
가	나가라. 제발.
나	누군가 나가야 한다면 그건 너지, 내가 아니야.
가	경고하는데. 내가 어떻게 돌변할지 몰라.
나	그만하자.
가	당장 여기를 나가든지. 아니면, 전쟁을 시작하든지.
나	정말 귀찮게 하네. 그래, 어디 한번 해보자.

'가'와 '나'의 긴장감 넘치는 실랑이. 서로를 견제하거나 공격하려는 시도만 할 뿐 결정적인 신체 접촉은 성사되지 않는다. '나'가 요리조리 빠르게 잘 피해 다니며 '가'를 약 올린다.

가	개똥밭에 처박을 테다.
나	오호~. 개똥 같은 게 개똥 같은 소리 하고 있네.
가	겁대가리는 어디 두고 왔냐!
나	겁대가리는 니 머리통님 안에 계신다.
가	머리통?
나	대갈통보다는 낫네.
가	진짜 똥통에 한번 빠져 볼래?
나	오호~. 똥통 같은 게 똥통 같은 소리 하고 있네.
가	뭐야?

'가', '나'를 잡으러 뛰어가지만 '나'를 놓친다.
'나', '가'를 피해 도망가다 한쪽 쓰레기 더미에 넘어진다. 쓰레기 더미에서 해골 하나를 발견한다. 무섭게 생긴 해골탈과 의상. 핼러윈데이에 사용할 법한. 해골탈과 의상을 뒤집어쓰고는 '가'를 위협한다.

나	너, 악령에 시달려본 적 있어?
가	악령?
나	그래. 처음에는 눈알을 파먹고, 그다음에는 심장을 파먹지. 까만 밤의 악령.

조명이 바뀌면서 '나'는 밤의 악령이 된다.

'나', '가'를 위협하는 춤을 추며 노래한다.

나   (노래한다)
            까만 밤에는 그림을 그릴 수가 없어
            어떤 색깔도 까맣게 그려지니까

            까만 밤에는 까만 말을 해
            그건 들리지만 들리지 않는 말이야

            까만 어둠이 폐부 깊숙이 빨려 들어가
            난 이제 까만 숨을 쉬어

가   (두려워하며) 그만. 그만해!
나   무서운가?
가   그만하라고.
나   무서워하지 마.

            무서운 건 내 눈을 파고드는 빛이야.
            송곳처럼 뾰족하게 날 선 빛

            저들은 그 빛을 아름답다고 말해.
            하지만 그건 부패한 빛이야.

            까만 어둠을 위협하는 빛
            저들은 내 어둠을 추하다고 말해.

난 그저,

평온한 잠자리를 찾아

내 까만 숨을 허락받고

난 그저,

잠들길 원해.

나만의 까만 밤을 원해.

가　　　그만해!

나　　　('가'에게 다가가며) 내 숨소리를 들어. 내 까만 숨소리.

'가', '나'를 밀쳐버린다.

'나', 나뒹군다.

나　　　아이고, 아파라.

'나', 해골탈과 의상을 벗는다

'가', 천천히 움직여 공격하려는 자세로 '나'를 쏘아본다.

가　　　넌, 이제 죽었어.

'나' 천천히 움직여 공격하려는 자세로 '가'를 쏘아본다

나　　　쉽지 않을 거야.

그렇게 서로 대치한다. 한 발짝씩 물러나며 원을 그린다.

'가'가 '나'를 잡으려 시도하지만 매번 놓친다.

'나'는 '가'에게 절대 잡히지 않는다.

'가'가 '나'를 향해 마지막 일격을 가하려는 모양으로 돌진하면 '나'가 피한다.

최후의 일격을 피하는 순간

조명, 순간 어두워진다.

(암전)

#2장 배고파

건설 기계들의 굉음.

굉음 소리, 천천히 사라진다.

조명, 천천히 들어온다.

'가'와 '나', 서로 떨어져 멀찌감치 앉아 있다. 기계 소리에 긴장하며 웅크렸다
가 소리가 사라지면, 일어난다.

'가'와 '나', 번갈아 서로를 째려보거나, 눈치를 보거나, 조심스럽게 움직인다.

대치하는 긴장감이 여전하다.

'가', 소리에 귀를 기울이며 천천히 나와 주변을 살핀다.

가   너, 배고프다고 했지?

나	내가? 언제? 네가 배고프다고 했지.
가	그럼, 배 안고파?
나	아직은 견딜만해.

'가', 한참 동안 '나'를 물끄러미 본다.

가	아직은 견딜만하다구?
나	그래. 아직은, 견딜만해.
가	배고프면 나가서 먹을거리를 찾아봐.
나	….
가	왜 여기서 이러고 있어?
나	어? 응. 그거야. 음. 음. 아직은 견딜만하니까.
가	저기 봐. 저 휘황한 도시에는 먹을거리가 널렸어. 가서 찾아봐. 어서. 자~
나	아직은 견딜만하다니까.
가	너, 뭐 있지. 뭔가 있는 게 틀림없어.
나	있긴 뭐가 있어? 뭐가 있음, 벌써 꺼내 먹었겠지.
가	먹는 거 말고.
나	먹는 거 말고, 뭐?
가	여기를 안 나가려는 이유 말이야.
나	이유는 무슨.
가	왜 이러실까?
나	여기는 살기에 딱 좋아. 이만한 곳도 없어.
가	아하~ 너, 갈 데가 없는 거지? 쓰레기 뒤지다가 걸렸냐? 혼쭐이 나서 도망 왔거나, 아니면 병들어서 버림받

앗거나.

나   무슨 소리? 절대로, 절대로 아니야!

가   맞네, 맞아. 세상으로부터 버림받는 순간 눈이 멀어. 아무 것도 보이지 않지. 눈먼 더듬이 신세가 되는 거야. 눈먼 더듬이!

나   눈먼 더듬이? 그런 거 난 몰라!

가   가르쳐 줄까? 눈먼 더듬이.

'가', '나'를 약 올리는 춤을 추며 노래한다.

가   (노래한다)
바닷속 깊은 심연의 바닥을 기어
눈 뜨지 못한 채 먹이를 찾아
온몸으로 움직이는 더듬이
꾸역꾸역 더듬더듬

심연의 제왕들이 눈을 뜬다
비열한 빛에 대항하라
아, 썩은 내가 난다
꾸역꾸역 더듬더듬
오, 그대 버림받은 생명이여
꾸역꾸역 더듬더듬

나   (화내며) 그만둬!

가   이해해.

나	이해해달라고 한 적 없어.
가	엎치락뒤치락 해가 떠오르기 시작할 때. 그리고, 해가 땅 아래로 사라지려고 할 때. 그때, 가장 치열한 전투가 벌어지고 있는 거야. 핏빛 전쟁의 시간. 넌 지금, 그 시간에 있는 거야. 아이러니하게도 그때가 정말 아름답지.
나	아름답기는 등신.
가	어떤, 경외감. 표현할 수 없는 에너지. 삶의 전쟁으로부터 나오는, 어떤 아우라. 난, 그런 걸 말하는 거야.
나	헛소리. 멍청한! 등신. 바보 똥개.
가	똥개?
나	그래, 똥개.
가	더 이상의 모욕은 용서하지 않겠어.
나	용서하지 않으면?
가	불쌍해서 봐줬더니.
나	봐줘? 봐, 줘? 난, 불쌍하지 않아. 덤벼!
가	오! 까불다 진짜 죽는다.
나	핏빛 노을의 전쟁이다.
가	그래. 좋아. 장엄한 일출의 전쟁이다.

'가'와 '나'의 싸움이 시작된다. 허공을 가르는 격한 움직임. 그것은 그저 억눌린 아픔이 대기를 향해 분출하는 용암이다. 잡으려는 '가', 잡히지 않는 '나'

나	송곳처럼 뾰족하게 날 선 빛.
가	온몸으로 움직이는 더듬이.
나	난 그저, 평온한 잠자리를 찾아.

가	꾸역꾸역 더듬더듬.
나	나만의 까만 밤을 원해.
가	비열한 빛에 대항하라.
나	내 까만 숨을 허락받고.
가	아, 썩은 내가 난다.
나	잠들길 원해.
가	꾸역꾸역 더듬더듬.
나	더러운.
가	나쁜.
나	더러운.
가	나쁜.
나	더러운.

'가'와 '나', 서로를 향해 쓰레기를 던지기도 하면서 지칠 때까지 싸운다. 완전히 지쳐 숨을 헐떡이며 각자 떨어져 앉는다.

가	나가.
나	못 나가.
가	도대체, 진짜 이유가 뭐야?
나	넌, 이유가 뭐냐?
가	나한테 무슨 이유가 있어? 여긴, 내 집인데.
나	내 말은, 너도 배고프다면서 왜 그냥, 여기에 있냐고?
가	(머뭇거리다가) 아직은 견딜만하니까.
나	웃기고 있네.
가	뭐가 웃겨! 아직은 견딜만해.

나	그건 내가 한 말인 거 같은데.
가	그게 무슨 상관이야.

'가', 겸연쩍은 듯 외면한다.

'나', 몰래 다가가서 '가'의 뒤통수를 갈긴다.

나	웃기는 게 웃기는 거지. 뭐가 뭐냐!

'가', 뒤통수를 움켜쥐고 '나'를 노려본다.

가	야!
나	뭐?
가	아니다. 됐다.
나	되긴 뭐가 돼?

어디선가 나는 냄새

'가', 킁킁거리며 그 냄새를 감지한다.

가	무슨 냄새가 나는데.
나	냄새는 무슨? 아무 냄새도 안 나는데.
가	아닌가?
나	너, 배가 많이 고프구나.

'가', 킁킁거린다.

나	아이고, 안 됐다. 참, 안쓰러워.
가	아니야. 잘 맡아봐.
나	뭘 또 어쩌려고 헛소리냐?
가	아니다. 내가 괜한 말을 했다.
나	내가 어떻게 해줄까? 그래, 배고프면 다녀 와. 저 아래로 보이는 휘황한 도시. 반짝이는 해변의 불빛들. 저 불빛들이 너의 배고픔을 채워줄 거야.
가	저기 해변. (사이) 산책하기 참 좋았지. 예쁜 해변길. 할아버지랑 산책했었는데.
나	할아버지와 산책?
가	그래. 큰길을 지나 작은 길을 따라가다 보면 해변길이 나왔어. 해변을 비추는 여러 모양의 불빛. 지나가는 사람들.
나	지나가는 사람들?
가	바다를 가로지르는 커다란 다리에도 여러 색깔의 불빛들이 바뀌면서 노래를 하고 있어.
나	밤바다의 향기가 시원해. 마치 모든 걸 내려놓은 것처럼.
가	해변에 가득한 불빛들. 환상적인 불빛들을 감상하면서, 해변의 파도를 보면서….
나	길거리에는 노래하는 사람들도 있겠지? 감미로운 포크 음악. (흥얼거린다)
가	재즈도 좋아.
나	감미로운 재즈 음악. (흥얼거린다)
가	트로트도 많이 불렀어.
나	감미로운 트로트. (흥얼거린다)
가	록을 부르는 사람도 있었어.

나	열정의 록. (흥얼거린다)
가	천천히, 아주 천천히 걸었어. 할아버지가 빨리 걷는 걸 힘들어했기 때문이야.
나	작은 불빛들이 그들을 비추고, 지나가던 사람들이 삼삼오오 모여들어 즐기는 거야.
가	작은 꼬마 아가씨가 지나가.
나	꼬마 아가씨?
가	할아버지가 말했어. 귀엽게도 생겼네. 몇 살이야? 세 살? 아빠는 어디 있어? 그래, 그래. 엄마는? (사이) 아이고, 귀여워라. 맛난 거 줄까? 자~
나	야, 야. 개가 먹는 걸 애가 어떻게 먹어. 어이그.
가	여기 와서 봐. 먹을 거야.
나	(조금 다가서며) 어디?
가	얼른 와서 보라니까.
나	(조금 더 다가서며) 어디?

'가', 어느 한순간에 다가오는 '나'를 덮치지만 '나'는 잡히지 않는다.

나	(의기양양) 그럴 줄 알았어.
가	제길. (사이) 잠깐만.

'가', 킁킁거리며 냄새를 맡는다. 분명 냄새가 난다.

나	또 무슨 수작이냐?
가	냄새가 나.

나	배가 고파서 신기루가 보이는 거야.
가	(냄새 맡으며) 그만해라.
나	뭘 그만해. 정신이 나가서 없는 냄새가 막 나고 그러는 거야. 정신 차려.
가	(화내며) 이게! 그만 깝쳐라.
나	깝쳐? 내가? 어, 다시 한판 붙어보자 이거지. 좋아.
가	확! 그냥.
나	그냥 뭐?

'가' 냄새나는 쪽으로 가서 냄새를 맡는다.

나	덤벼. 한판 해보자.
가	(다가서며) 그래. 진정 원한다면… 제대로 한번 보여주지.
나	덤벼….

'가', 다시 냄새나는 쪽으로 가서 냄새를 맡는다.

나	어라? 뭐해! 덤벼.
가	(다가서며) 어디부터 아작을 내줄까?
나	흥. 너나 조심해.

'가', 다시 냄새나는 쪽으로 가서 냄새를 맡는다.

가	(다가서며) 아작날 준비는 됐냐?
나	무서워하지 마. 무서워하지 마.

가	무섭기는 한가 보네.

'가', 다시 냄새나는 쪽으로 가서 냄새를 맡는다.

가	(다가서며) 준비됐냐?
나	무서워하지 마. 덤벼.
가	야~! 도저히 못 참겠다. 아~

'가', 냄새의 진원지를 찾아 뛰어나간다.

나	뭐야. 야! 이 겁쟁이 같은 놈아, 덤벼~ 냄새는 무슨. 배가 고프긴 엄청 고팠군. 나지도 않는 냄새 타령이라니. (산아래를 보며) 예쁘다. 황홀해. (사이) 아, 배고프다.

'나', 천천히 춤을 추기 시작한다. 점점 더 격렬해지며 노래한다.

나	(노래한다)
	아직은 견딜만해, 아직은 견딜만해, 아직은 견딜만해, 아직은 견딜만해, 아직은 견딜만해, 아직은 견딜만해, 아직은 견딜만해, 아직은 견딜만해, 아직은 견딜만해, 아직은 견딜만해, 아직은 견딜만해, 아직은 견딜만해….

천천히 조명 어두워진다.

#3장 고양이의 추억

천천히 조명 들어온다.

'나', 쓰레기 더미를 뒤지다가, 혼자 괴상한 몸짓을 하며 놀다가, 점점 지루해진다.

'가'가 돌아오는지 살핀다.

나   안 돌아올 생각인가? 나쁜 일을 당한 건 아니겠지? 내가
           너무 심하게 했나? 안 오면 좋지 뭐. 잘된 일이야. 그렇구
           말구. 암.

'나', 천천히 춤을 추며 노래한다.

나   (노래한다)
           수풀은 말없이 품었고
           낙엽은 말없이 누웠고
           바람도 솔솔 불어주고

           불빛은 뜨락에 밝았으니
           누구도 찾을 수 없고
           이부자리보다 더 안락하고

           불빛은 뜨락에 밝았으니

'나', 춤을 멈추고 산 아래를 내려다보며 생각에 잠긴다.

나   누구나 평화로 가득 채워지는 날이 있지. 복숭아나무. 그
녀석이랑 있을 때는 정말 평화로웠어. 담장 위에 앉아서,
녀석이랑 한가로운 시간을 보냈지. 사람들 이야기를 나누
면서. (사이) 배고프다. 희망이라고 하는 게 맞는지 모르겠
지만, 그 사람들은 희망을 갖고 있었어. 초록가방 아저씨,
배우를 꿈꾸던 총각. 그 사람들은 지금 어디 있을까? 뭘
하면서 살고 있지? 희망이 있다면 배고픔이 사라질까?

'가', 나무가 되어 나타난다.

가   배고프겠다.

나   아직은 견딜만해.

가   난 이제 열매가 없어. 복숭아를 줄 수도 없고.

나   예전에는 복숭아가 탐스럽게 열렸었는데. 너, 복사꽃 꽃
말이 뭔지 알아?

가   뭔데?

나   유혹, 매력, 용서, 희망.

가   유혹, 매력, 용서, 희망. 옛날처럼 담장 너머에 관해 이야
기해 줄 수 있어?

나   넌, 언제나 담장 너머에 관한 이야기를 좋아했지.

가   난, 담장보다 키가 작으니까. 넌 담장 위를 올라갈 수 있
잖아. 자, 나를 타고 올라가.

나   사람들이 나한테 인사를 해.

가	누가 지나갔어?
나	초록색 가방을 든 아저씨. 공사장에 일을 나가는. 무슨 아파트를 짓는데.
가	어떻게 알아?
나	공사장 인부들이 쓰는 장갑 말이야. 그 아저씨가 들고 다니던 초록색 가방 주머니에서 늘 삐죽이 나와 있었어. 하루는, 전화기에 대고 어찌나 소리를 지르는지. 모를 수가 없었지. 아파트 공사장에 일거리가 생겼다고, 좋아서는 소리를. (큰소리로) "고맙습니다. 사장님. 네! 네! 고맙습니다."
가	(사장 흉내) 이번 재개발 건은 아주 커. 당분간은 일거리 걱정 안 해도 돼!
나	(아저씨 흉내) 네. 사장님! 열심히 하겠습니다.
가	그 아저씨 오늘은 안 지나갔어?
나	저기 온다. 얼큰하게 취한 거 같은데.
가	노래를 불렀겠지?
나	맞아. 품삯을 받았나 보다. 기분 좋은데.

'가', 아저씨 흉내를 내며 노래를 부른다.

'나', 덩달아 노래를 부른다.

가	다른 사람은?
나	총각이 한 명 지나가. 저 총각은 늘 중얼거리면서 다녀. 삼류 배우쯤 되나 봐. 대사를 연습하는 거지.
가	(총각 흉내) 하늘이 날 고난으로 시험하느라 내 머리 위에

다 온갖 고통과 치욕을 쏟아붓는다 할지라도, 나를 뼛속까지 가난에 빠뜨린다 할지라도, 나와 내 희망을 포로로 넘겨준다 할지라도 난 내 영혼 어디선가 한 줌의 인내심을 찾아냈을 것이다.

나	셰익스피어 작, 오셀로, 4막 2장. 엄청 멋져 보였어.
가	그 총각 여자 친구는?
나	오늘은 안 왔어. 못 본 지 꽤 된 거 같은데. 그런데, 어느 날부터 그 총각도 초록가방 아저씨를 따라다니기 시작했어.
가	공사장에 나가는 거야?
나	돈을 벌러 가는 거지.
가	배우는 안 해?
나	꿈을 접는다는 건 억울한 일이야. 희망을 저당 잡히는 거니까.
가	다른 사람들은?
나	다른 사람들? 분명 사람들이 많았었는데, 어느 날부턴가 사람들이 안 보이기 시작했어.
가	심심해.
나	사람들이 안 보이니까 우울해?
가	담장 너머까지 꽃을 피우고 싶어.
나	안 돼. 담장이 너무 높으니까. 그래서 내가 대신 보고 있잖아. 그리고, 옆에 있으면 이야기를 나눌 수 있으니까.
가	무슨 이야기?
나	지나가는 사람들.
가	이제, 안 보인다며.

나	그럼, 너에 관한 이야기를 하지 뭐. 연한 분홍빛 꽃에 관한 이야기. 곧 태어날지 모를 열매에 관한 이야기.
가	꽃도 열매도 이제는 없어.
나	처음부터 그랬던 건 아니야. 안 그래?
가	난, 병에 걸린 거야.
나	아니, 외로워서 그런지도 몰라. 담장 너머에 사람들이 보이지 않기 시작하던 때. 그때부터 많이 우울해했거든.
가	내가 우울해?
나	햇살이 칙칙해졌다면서 울상을 짓기도 하고, 바람이 차갑다면서 힘들어했잖아.
가	사람들이 그리웠던 거야.
나	온 동네가 조용했으니까.
가	대신에 기계 소리가 마을을 가득 채웠어.

건설장비들이 움직이는 소리
건물 무너지는 소리

나	끼익. 쿵! 엄청나게 커다란 기계 소리.
가	쾅! 쾅! 집들이 하나씩 무너졌지.
나	후다닥. 기겁해서 네 뒤에 숨었어.
가	나도 무서운걸.
나	내가 소리 질렀지. 뭐 하는 짓이야? 여긴 내 집이라고. 그만둬. 그만두라고. 야, 이 미친 기계야!
가	사람들을 불러. 어디 갔지?
나	모두 사라졌어. 아무리 불러도, 내 목소리가 들리지 않나 봐.

가	죄다 뜯겨 나가고 있어. 다들 어디 갔어?
나	그 총각은? 아저씨는? 아저씨! 아저씨!
가	아저씨! 여봐요! 아무도 없어요?

건설장비들 소리 사라진다.
건물이 무너지는 소리 사라진다.

나	모두 사라졌어. 너랑 나. 그렇게 둘만 남았어. (노래한다)

높은 담장 아래에
남몰래 자라난 작은 나무

꽃을 잊은 나무와
담장 너머의 커다란 침묵
작은 나무 나를 보면
다시 한번 복사꽃 피워내라

담장 위에 나를 보면
다시 한번 이야기꽃 피워내라

다시 한번 그리움
그렇게 둘만 남았네

조명, 천천히 어두워진다.

(암전)

#4장 머지않아 여기마저

조명, 천천히 들어온다.

'나', 한쪽에 잠들어 있다, 약간의 몸부림을 하다 웅얼거리며 잠꼬대를 시작한다.

나   배고프지 않아. 아직은 견딜만해. 괜찮아. 견딜만하다니까.

'나', 자신의 잠꼬대 소리에 놀라 잠에서 깨어난다. 주변을 살펴본다. 아무 일도 없다. 천천히 걸어가 산 아래를 내려다보며

나   우리 집 뜨락이라. 이 녀석은 왜 안 오는 거지? 영영 안 올 생각인가? (사이) 얼른 와! 그래, 네 집 뜨락이다. (사이) 아니지, 내 집 뜨락이지. 예쁘다.

쓰레기 더미를 뒤지기도 하고, 괴상한 동작으로 춤을 추기도 하면서 노래한다.

나   (노래한다)
          바다를 가르는 대교
          밤바람에 춤추는 바다
          바다를 보고 선 불빛들
          불빛 하나에 눈물 하나

어느 사내아이의 불빛

어느 계집아이의 눈물

휘황한 풍경과 시린 사연

너그러이 품어 안은 산자락

떠난 사람은 희망을 품었지만

남은 우리는 죽음을 기다리네

살아간다는 건 저렇게 아름다운데

살아낸다는 건 이렇게 힘들다네

나   아, 배고파!

갑자기 엄청난 굉음. "쾅!"

'나' 놀라서 무대 한쪽에 웅크린 채 숨는다. 잠시 후, 소리 난 방향을 살피다가 급하게 다시 숨는다.

'가', 많이 놀란 듯 뛰어 들어온다. 누가 쫓아오는지 살핀 후, 털썩 주저앉는다.

'나', 조심스럽게 '가'가 들어온 길을 살피고는 '가'에게 다가간다.

나	무슨 일이야?
가	죽을 뻔했어.
나	왜?
가	냄새가, (숨을 들이쉬며) 음… 좋았는데. 오랜만에 맡아보는 진짜 좋은 냄새.
나	냄새? 진짜, 냄새가 나긴 했어?
가	냄새가 났으니까 갔겠지.

나	그게, 뭐였는데?
가	뭐긴. 먹을 거.
나	먹을 거 뭐?
가	소고기에 야채가 올려진. 미치는 줄 알았네.
나	너 혼자 먹고 왔냐? 치사한 놈.
가	(발끈) 야! 그거 먹었으면, 아마 지금쯤 죽음을 기다리고 있을 거야.
나	왜?
가	쾅! 덫이 놓여 있었어. 하마터면….
나	덫? 누굴 잡으려고?
가	누구긴. 길거리를 배회하는 자. 너 같은 놈.
나	설마? 아무리 그래도. 나 같은 걸 잡아서 뭐 하게? 노예처럼 부리지도 못할걸. (중환자라도 된 것마냥 흉내 내며) 온몸이 성한 데가 없어.
가	잡아서 죽일 심산(心算)인 거지. 필요하지 않은 건, 해로운 거야. 유해한 거.
나	난, 아무 짓도 안 했어! 세상이 미친 거야. 세상이.
가	그래. 세상은 미쳤어.
나	맞아. 그거야.
가	불안하면 뭐든 공격하고, 뭐든 죽이지.
나	왜 그렇게 살지?
가	왜는 왜야? 미쳐서 그런 거지. 아님, 배가 엄청 고파서 미쳤던가.
나	배고파서 미쳐? 하긴, 생각해 보면 그것도 생존의 법칙이니까. 이해할 수 있어.

가	(화내며) 이해해? 뭘? 내 운명이 다할 뻔했는데. 뭘 이해한 다는 거지? 너처럼 멍청한 놈은 벌써 당했을걸. 데리고 갔 어야 하는 건데. 덫으로 널 먼저 밀어 넣었어야 했어.
나	알았어. 알았다고. 우리가 굳이 이해할 필요는 없지.

'가'와 '나'가 서로 떨어져서 앉은 채 한참을 말없이 있다.
'나'가 겨우 움찔움찔 먼저 이야기한다.

나	살아서 돌아온 걸 축하해.

'가', '나'를 째려본다.
'나', 움찔한다.

가	나는 죽으러 간 게 아니야. 먹으러 간 거지.
나	다시 돌아온 걸 환영한다고.
가	나는 언제나 늘 다시 돌아올 거야. 아무 말 없이 사라지는 그런 일은 없어.
나	그럼, 당연하지.
가	내가 죽기를 바랐던 건 아니겠지?
나	설마, 아니야. 그럴 리가. 절대로 아니야.
가	잠깐. 근데, 너 왜 아직 여기에 있냐?
나	그게 무슨 말이야? 우리 사이에.
가	우리 사이라니? 우리 사이가 뭔데?
나	좋은 사이.
가	웃기고 있네. 나가! 얼른, 당장! 나, 가.

'나', 서운함과 서글픔이 밀려온다. 마음에서 일어나는 서러움. 천천히 발걸음을 옮겨 나가다가 멈춘다. '가'를 돌아다보고는 다시 나가는 걸음. 또 멈춰 선다. '가'를 돌아다본다. 다시 나가는 걸음. 또 멈춰 선다. '가'를 돌아다본다. 다시 나가는 걸음. 또 멈춰 선다. 돌아서 들어와 곧장 쓰레기 더미를 뒤진다.

나	내가 엄청난 걸 발견했는데. 네가 없는 사이에 말이야. 내가 좀 뒤져 봤거던. 어디에 있었더라. 삶의 질이 달라질 엄청난….
가	지금 뭐 해? 나가라고.
나	잠깐만 기다려 봐. (사이) 찾았다.

'나', 천막 같은 걸 하나 찾아낸다. 그걸 이리저리 만지더니 텐트 모양을 만든다. 한 사람이 겨우 들어갈 정도의 모양. 작은 움막이 서툴게 완성된다.
'가', 나의 행동을 어이없다는 듯 보다가

가	그게 뭐야?
나	이것만 있으면 비도 안 맞고 바람도 막을 수 있어.
가	이런 게 있었어?
나	장난감 같지?
가	장난감인데.
나	그렇지? 아이들 놀이용. 어차피 사람들이 버린 거니까.
가	그러게, 버린 거니까 뭐. 너, 어떻게 이런 걸 발견했냐?
나	선물이야. 괜찮지?
가	괜찮네. 또 다른 거 발견한 거 없어?
나	다른 거?

가	그래, 뭐 먹을만한 건 없었어?
나	없어.
가	혼자 다 먹어버리고 그런 건 아니지?
나	아냐. 그럴 리가.

'나', 쭈뼛거리며 서 있다.

'가', 움막 안에 들어가 본다.

가	괜찮은데. 좋아.

'나', 쓰레기 더미를 뒤지거나 하면서 계속 쭈뼛거린다.

'가', 그런 '나'를 보다가

가	안 가고 뭐 해?
나	응. 그럼, 잘 있어.

'나', 아주 천천히 걸음을 옮겨 나간다.

'가', '나'가 시야에서 사라지면, 움막을 나온다. 움막이 '가'의 몸에 걸려 무너진다. 놀라서 소리친다.

'나', 뛰어 들어오며

나	응, 왜? 나 불렀어?
가	아니.
나	그래? (무너진 움막을 발견하고) 무너졌네.
가	….

나	잘 있어.

'나', 천천히 걸음을 옮겨 나간다.
'가', '나'를 보다가 겨우 부른다.

가	야.
나	응?
가	이것 좀 세워놓고 가.
나	응, 그래.

'가'와 '나', 함께 움막을 완성한다.
'가', 움막에 들어가서 앉는다.

나	이제 된 거 같다.
가	무너지지 않겠지?
나	그럼. 튼튼하게 됐어.

'나', 움막 옆에 쪼그리고 앉는다.

가	왜 거기에 그러고 앉아? 이제 그만 가라.
나	너무해.
가	뭐가?
나	몰라서 물어?
가	사람들이 언제 들이닥칠지 몰라.
나	뭐?

가	조만간 들통날 거라고. 여기도 위험해.
나	설마, 그럴 리가. 봐. 이렇게 잡동사니, 쓰레기가 가득한데. 사람들이 뭐하러.
가	이 부근에 덫을 설치했다는 건 가까이 왔다는 거야.
나	설마, 여기까지야. 안 와. 절대 안 와.
가	사람들이… 세상은… 무서운 거야!
나	겁쟁이 나셨네. 그렇게 무서워 할거까지야.
가	어쭈~. 그런 넌 왜 벌벌 떨고 있었냐?
나	내가 언제 벌벌 떨어? 그런 적 없어.
가	내가 도망쳐 들어왔을 때. 저쪽에서, 벌벌 떨면서 있었잖아.
나	그건 네가 놀라게 해서 그런 거지.
가	다시 말하지만, 부근에 덫이 있다는 건 사람들이 가까이 왔다는 거야.
나	네가 건드린 건 그냥 덫이야. 그것뿐이라구.
가	내가 그 덫을 건드렸다는 게 문제야. 눈치를 챘을 거라구. 머지않아 사람들이 주변을 뒤지기 시작할 거야. 분명해.
나	그래도 여기는 못 찾아. 절대.
가	그러길 바란다. 이제 얼른 가!

'나', 나가다 다시 돌아와서

나	그래서, 나보고 가라고 한 거야? 사람들한테 잡힐까 봐?
가	그러니까 얼른 가라.
나	걱정 해줘서 고마워.

가	누가 너 걱정한대?! 넘겨짚지 마라.
나	그런 걱정이라면 하지 마. 내가 얼마나 날쌘데. (빠른 움직임으로) 봐!
가	아까는 꼼짝도 못 하는 환자처럼 (흉내 내며) 이렇게, 이렇게 하더니.
나	그건 그때고. 지금은 지금이지.
가	쉿!

'가', 귀를 기울인다.

'나', 따라서 귀를 기울인다.

휘이익, 바람소리

'가'와 '나', 천천히 한쪽으로 숨는다. 잔뜩 웅크린 채 귀를 기울인다.

사람들 소리

그쪽에는?

이쪽은 절벽이야.

그래? 위험하다. 조심해.

그래. 저쪽으로 가보자.

어두우니까 조심해서 움직여.

휘이익, 바람소리

조용하다.

나	너, 아까….
가	아까, 뭐?

나	나갔을 때.
가	나갔을 때, 뭐?
나	진짜 못 먹었냐?

'가', '나'를 째려본다.

나	그냥, 물어본 거야.
가	쉿!

'가'와 '나', 귀를 기울인다. 조용하다.

나	다들 간 거 같은데. 조용하잖아.
가	숨어서 기다리는 거지.
나	숨어서 기다려?
가	그래, 아까처럼.
나	아까처럼?
가	다시 덫을 놓았을 거야.
나	다시 덫을 놔?
가	그래. 덫.
나	그 안에는 먹을 게 있겠지?
가	당연히 있겠지.
나	맛있겠다.
가	아, 배고파. 죽을 때 죽더라도 실컷 먹을 걸 그랬나?
나	미쳤냐? 죽는 거보다 배고픈 게 낫지.
가	그래. 근데, 야채소고기 냄새는 최고였어.

나	미쳐가는 게 맞네.

'가'와 '나', 다시 귀를 기울인다. 조용하다.

가	너무 조용한데.
나	그러게, 가버린 거야. 자기들도 잠은 자겠지. 안 그래?
가	하긴, 지칠 만도 하지.
나	분명해. 조금 있으면 새벽이고, 이미 잠들었을 거야.
가	맞아. 어쩌면, 내일 저녁쯤에나 다시 오겠지.
나	아마도… 맞아. 분명… 그놈들은 아주 게을러터졌을 거야.
가	어떻게 알아?
나	잘 들어봐. 덫을 놓고 기다리기나 하는 놈들이야. 샅샅이 뒤져서 찾을 생각은 안 해. 봐, 좀 전에도 대충 둘러보고는 가버렸잖아.
가	맞네. 그러네.
나	어쩌면 며칠 뒤에나 어기적거리면서 나타나서는, 겨우 덫이나 확인할걸.
가	멍청한 놈들이네.
나	게으른 사냥꾼이지. 아무것도 얻지 못할 거야.
가	똑똑한데.
나	그럼, 내 머리가 많이 비상하지.

'가', 나를 째려본다.

나	왜?

가	아냐. 아무것도.

'가', 산 아래를 내려다보며

가	예쁘다. 멋져! (사이) 여기서 얼마나 더 살 수 있을까?
나	잡히지만 않으면….
가	배고프다.
나	뭔가 수가 생길 거야.
가	그래, 버티는 거지. 아직은 견딜만하니까. (노래한다)

도시의 눈물이 빛으로 반짝여
나를 밝히는 빛인가 했더니
너를 탐하는 유혹의 빛이네

도로를 따라 구분된 동네
동네를 따라 구분된 탐욕
분리된 세상이 미쳐간다네

배고픔과 아픔을 버무려
죽음의 유혹을 강요하니
우울한 뱃가죽의 버티기라네

'가'는 움막 안에 자리를 잡고 앉는다.
'나'는 움막 옆에 자리를 잡고 앉는다.
한참을 말없이 앉아있는 '가'와 '나'

#5장 먹을 걸 찾아서

나	아까 그 야채에 소고기. 냄새 좋았냐?
가	점점 미쳐가는구나.
나	(입맛 다시며) 얼마나? 어땠어?
가	(입맛 다시며) 최고였어.
나	지금도 냄새나?
가	(킁킁거리며) 글쎄, 나는 것 같기도 하고. 아닌 것 같기도 하고.
나	잘 맡아봐? 냄새, 얼른.
가	배가 고파서 그런지 머리가 어지러워. 그만해.
나	냄새 안 나?
가	귀찮게 하지 마.

'나', 혼자 서성이다가 뭔가 결심한 듯

나	거기가 어디쯤이야?
가	어디?
나	야채소고기.

'가', 눈을 동그랗게 뜨고는 '나'를 뚫어지게 본다.

가	가보게?
나	응.

가	위험해. 안 가는 게 좋아.
나	너도 갔다 왔잖아. 왜 안 돼?
가	잡히면 끝이야. 알아?
나	재수 좋으면 먹을 수 있을지도 모르지.
가	재수? 목숨을 놓고 요행을 바라냐? 너, 제정신이야?
나	내가 걱정되는 거야? 감동이다.
가	감동은 무슨.
나	내 걱정은 하지 말고, 알려줘.
가	안 돼! 알려줄 수 없어.
나	내 걱정은 하지 말라니까. 알려줘.
가	너 때문에 여기가 발각될지도 몰라.
나	잠깐만. 어이없네. 내가 걱정되는 게 아니라, 여기에 네가 숨어 있다는 게 들킬까 봐 그게 걱정이구나.
가	표정이 왜 그래? 그게 나빠? 나만 살자고 그런 거 아니잖아. 나만 살겠다고 남한테 피해주고 그러는 거, 아주 나쁜 거야.
나	내가 너한테 피해를 줘?
가	네가 지금 그러려고 하고 있잖아. 이번에는 사람들이 단단히 벼르고 있을 거야. 그러니까 절대 안 돼.
나	좋아. 안 가르쳐 줘도 상관없어. 저쪽 어디쯤이겠지 뭐.
가	어떻게 알았어?
나	네가 저쪽에서 뛰어 들어왔잖아.
가	(막아서며) 못 가! 안 돼!
나	비켜!
가	못 비켜! 너 같으면 가게 두겠냐?

나	배고파!
가	참아! 견뎌! 아직은 때가 아니야.
나	굶어서 죽으나, 잡혀서 죽으나, 마찬가지야.
가	그러기 전에 나한테 먼저 죽을지도 몰라.
나	그래. 그러지 뭐. 어차피 살다가 가는 목숨. 지금이 그때인가 보다.
가	아니야. 신중하게 생각해.
나	신중하게?

'나', 깊이 생각하는 모양

가	안 갈 거지? 생각 잘했어.
나	절대 안 들켜.
가	무슨 말이야?
나	여기는 절대 안 들키게 할 자신 있어.
가	정말, 자신 있어?
나	(날쌔게 움직여 보이며) 나, 못 믿어?
가	그러게, 안 잡히고 도망은 잘 다니더라. 그래도 위험한 건 위험한 거야.
나	사람들이 어떻게 하고 있나 보기만 하고 올게.
가	보기만 한다구?
나	너도 배고프지?
가	그야, 당연하지.
나	어차피 여기에는 먹을 게 없어. 언제 나갔다 오는 게 좋을지, 정찰이 필요하다구. 안 그래? 난, 그냥 정찰을 나가는

거야.

가　　　정찰? 그게 뭐야.

나　　　미리 가서 살펴보는 거야. 상황을 확인하는 거지. 언제 우
리가 먹을 걸 구하러 나갈 수 있을지에 대해서.

가　　　일리가 있어. 필요하지, 정찰.

나　　　그래, 그거야. 정찰, 다녀올게.

가　　　어, 그래. 조심해야 돼!

'나', '가'와 인사를 나누고는 긴밀하게 나간다.

'가', '나'를 배웅한 뒤 걱정스레 돌아서며

가　　　왜, 뭔가 속는 느낌이지? 잡히면 끝장인데, 여기까지 불똥
이 튀는 건 아니겠지?

'가', 불안함에 '나'가 나간 쪽을 봤다가, 산 아래를 봤다가, 같은 동작을 반복
한다.

가　　　괜찮겠지? (사이) 저 아래에는 먹을 게 많을 텐데. (사이) 알
아서 잘하겠지? (사이) 저 불빛들 속도 좀 봐. 자동차들이
무섭게도 달리네. (사이) 혼자 먹고 오는 건 아니겠지? (사
이) 에이, 설마! (사이) 나도 가볼까? (사이) 아냐! 그건 아니
지. (사이) 배고프다! … 뭘 먹은 게 언제인지 기억도 안 난
다. … 그래도, 아직은 견딜만해. (노래한다)

낙원 여기는 낙원

사는 게 뭐 있나 여기가 천국

아무도 없고 누구도 모르는

세상에 없는 여기가 낙원

어차피 모두 한번 살다 가게 돼

누가 뭐래도 신명 나게

오 낙원 여기는 낙원

사는 게 뭐 있나 여기가 낙원

아직은 견딜만하니까 아직은 견딜만하니까

가　　　(산 아래를 보며) 배가 고프니까 헛것이 보이나? 바다가 무슨 색인지 모르겠어. 아냐. 이건 불빛들의 영혼이 장난을 치고 있는 거야. 할아버지랑 산책할 때가 좋았는데. 해안 길을 따라.

'가', 스스로 할아버지가 됐다가 자신이 되기도 하면서 대화를 나눈다.
조명, '가'의 모습에만 동그랗게

가　　　할아버지 뭐해?

할아버지　　반짝, 반짝. 불빛들이 참 예쁘다.

가　　　저것들이 다 먹을 거로 보인다.

할아버지　　혼자 몰래 먹고 그러기 없다.

가　　　저걸 어떻게 먹어.

할아버지　　그렇지. 못 먹지.

가	다 지나가 버렸어.
할아버지	갑자기 무슨 말이야?
가	저 불빛들 말이야. 보고 있다고 생각하는 순간 이미 지나가 버린 것들. 다시 오지는 않겠지?
할아버지	불빛들은 늘 저기 있어. 때가 되면 나타나. 항상.
가	그렇지 않아. 늘 저기 있지만, 늘 없는 것 같단 말이야.
할아버지	너, 배가 많이 고픈가 보구나.
가	반짝거리는 불빛들. 저기 어딘가에 있을 거야. 늘 있지. 하지만, 늘 없기도 해.

'가', 멍하니 산 아래를 내려다보고 앉아 있다.

바람 소리
할아버지 탈
바람 소리

'나', 할아버지 탈을 썼다.
할아버지가 된 '나'가 들어온다.
조명, '나'의 모습과 '가'의 모습에만 둥그스름하게

나(할아버지)	아이온의 시간
가	아이온? 그게 뭔데?
나(할아버지)	네가 말했잖아. 시간의 영원한 진실. 아픔이란 건 늘 있지만, 늘 없기도 해.
가	머리가 어지러워.

나(할아버지)	내 말이 어려워?
가	아니, 배가 고파서 그래.
나(할아버지)	저 아래에 내려가 보지 그래.
가	(희망에 차서) 그래! 쓰레기통을 뒤질 시간이야. (금세 실망하며) 청소차가 지나갔을 거야.
나(할아버지)	찌꺼기가 좀 남아 있을지도 모르지.
가	인정사정없는 놈들이야. 매정하기까지.
나(할아버지)	아가리가 큰 놈들이라 그럴지도.
가	아가리?
나(할아버지)	어떤 땐 잠시도 멈추지 않지.
가	배가 풍선처럼 튀어나왔어.
나(할아버지)	그렇다고 풍선처럼 빵 하고 터지지는 않아. 그보다는 훨씬 질기니까.
가	그래? 그럼, 코끼리 배라고 하자.
나(할아버지)	코끼리는 자기 덩치만큼만 먹어요.
가	그래도 많이 먹는 건 사실이잖아.
나(할아버지)	넘치도록 쌓아두지는 않지.
가	코끼리는 뭐든 먹잖아. 가리지 않고.
나(할아버지)	어쨌거나, 코끼리는 아니야.
가	그런가?
나(할아버지)	그렇지.
가	그럼, 뭐라고 그래?
나(할아버지)	글쎄.
가	뭐라 그래?
나(할아버지)	글쎄. 많이 배고파?

가   아직은 견딜만해.

'가', 천천히 잠든다.

가   아직은 견딜만해. 아직은… 견딜만해….

조명, 천천히 어두워진다.

(암전)

#6장 아직은 견딜만해

덫의 철창문이 닫히는 소리. 쾅!
조명, 들어온다.
'가', 놀라 잠에서 깨어나 주변을 살피지만 아무도 없다.
귀 기울인다.
바람 소리

가   이제, 다시는 못 보겠군. 모든 게 끝났어. 잘된 일이지 뭐
         야. (사이) 우리 집 뜨락을 봐. 너무나 아름답잖아. (사이) 아
         직은 견딜만하니까. (노래한다)

두 개의 톱니바퀴가 돌아가네
한 개의 톱니바퀴가 빠져버렸네

아침과 저녁이 돌아가네
그중 하나가 빠져버렸네
저기와 여기가 돌아가네
그중 여기가 빠져버렸네

아직은 견딜만하니까
아직은 견딜만하니까

'나', 허겁지겁 돌아온다.
'가', 격하게 '나'를 반기며

가	야~. 돌아왔구나. 살아왔어.
나	큰일 날 뻔했네.
가	안 잡혔구나!
나	거의 잡힐 뻔했지. 하지만, 내가 누구야!
가	(갑자기 정색하며) 멍청한 바보 같은 놈. 사람들이 따라왔을 거야.
나	설마. 여기는 못 찾을걸.
가	진심으로 그러길 바란다.
나	들어봐. 조용하잖아.

'가'와 '나', 한참을 귀 기울여 소리를 듣지만 아무 소리도 들리지 않는다.

가	조용하네.
나	그 봐.
가	너. 먹었냐?
나	아니.
가	그럴 줄 알았어.
나	그래도, 혀는 핥았어.
가	(비꼬며) 잘났다.
나	그럼, 잘났지.
가	(비꼬며) 무척이나 장하다.
나	그럼! 봤지? 내가 좀 많이 똑똑해.
가	그래, 똑똑해서 무척이나 다행스런 일이야.

'가', 사람들이 오는지 다시 한번 확인한다.

'나', 산 아래를 내려다보며

나	걱정하지 마. 내가 모두 따돌리고 왔으니까.
가	확실하지?
나	확실해.
가	정찰 결과는? 언제쯤 내려갈 수 있을 거 같아?
나	아직, 위험해. 때가 아니야.
가	제기랄.

'나', 한쪽에 힘없이 앉는다.

'가', 한쪽에 힘없이 앉는다.

바람 소리

까마귀 소리

바람 소리

조용하다.

나	저기 좀 봐.
가	빨갛네. 아침이 바다와 전쟁 중이야.
나	하늘이랑 전쟁 중인지도 몰라.
가	바다. 하늘. 고통의 시간.
나	인고의 시간. 조금만 있으면 평온해질 거야. 어차피. 늘 그 랬잖아.
가	먹을 것만 있다면, 뭐래도 상관없어.
나	상관없는 건 없어. 모든 것들은 서로 관계하니까.
가	저기 어디쯤이었을 거야.
나	뭐가?
가	내가 살았던 집. 저기 빌딩들 어디쯤.
나	너, 저 아래에 살았었구나.
가	그래.
나	저기 한창 공사 하는데 보이지.
가	응. 거의 다 올라갔네.
나	나도. 저기 어디쯤 살았어.
가	난, 할아버지랑 같이 살았어.
나	알아. 네가 헛소리하는 거 들었어.
가	(발끈하며) 헛소리!?
나	미안해. 뭐 그런 거로 발끈하냐? 비슷한 처지끼리.
가	비슷해? 내가 어딜 봐서 너랑 비슷해?! 말도 안 되는 소

리. 난 너와는 엄연히 달라.

나	알았어. 취소. 비슷한 거 취소.
가	넌, 누구랑 살았는데.
나	복숭아나무.
가	복숭아나무?
나	명확하게는 모르겠다. 저기 어디쯤이었는데.
가	그 나무 생각해?
나	죽었어. 잘려 나갔지. '악' 소리 한 번 못 내고. 난, 아무것도 할 수 있는 게 없었어. 도망치기 바빴지. 기억에 지워지지 않는 건 지나간 시간.
가	시간이 지나면 잊힐 거야.
나	잊히는 기억이라면 무의미하겠지.
가	의미 있는 걸 잊어버리기도 해.
나	어떻게 의미 있는 걸 잊어버릴 수 있지?
가	아픈 기억에도 의미가 있을까?
나	의미 없는 기억이 있을까?
가	아픈 기억은 너무 생생해.
나	맞아. 아픈 기억은 너무 생생해.

'가', '나'를 바라보고 웃는다.

'나', '가'를 바라보고 웃는다.

가	(큰소리) 기억이 생생하다는 건 살아있다는 증거야.
나	(큰소리) 맞아. 기억이 생생하다는 건 살아있다는 증거야.

'가'와 '나', 아직 살아있다는 사실에 신나서 점점 더 큰 소리로

가, 나　　　기억이 생생하다는 건 살아있다는 증거야.

'가'와 '나', 살아있다는 걸 증명이라도 하듯 신나게 몸을 움직이다 갑자기 멈춘다.

가　　　쉿!
나　　　쉿! 왜?

'가'와 '나', 꼼짝하지 않고 귀를 기울인다. 아무 소리도 나지 않는다. 움직이기 시작한다. 약속이라도 한 듯, 여기저기 먹을 게 있는지 뒤져본다.
서서히 지쳐가는 움직임.

나　　　야채소고기. 아~ 배고파.

'나', 야채소고기를 생각하며 덫이 있던 쪽을 살핀다.
'가', 덩달아 입맛을 다시며 '나'의 뒤에 가서 선다.
'나', 다시 돌아서다가 '가'와 부딪힌다.

나　　　뭐야? 너, 혹시….
가　　　아냐! 그런 거. 그러는 너는.
나　　　나도 아니야.
가　　　뭐가 아니야?
나　　　내려갈까? 저기….

가	글쎄… 사람들이 아직 있다며.
나	무서워?
가	아니. 난 안 무서워! 네가 무섭겠지.
나	아니. 나도 안 무서워!
가	그럼, 왜 안 내려가냐?
나	너는 왜 안 내려가냐?
가	내려갈 거야.
나	언제?
가	넌, 언제 내려갈 건데?
나	사람들이 가고 나면.
가	나도, 사람들이 가고 나면.

바람 소리

까마귀 소리

바람 소리

나	어쩌면, 사람들이 갔을 거야.
가	그래, 어쩌면.
나	안 갔을지도 모르지.
가	언제쯤 갈까?
나	날이 밝으면.
가	날이 밝으면?
나	… 날이 밝으면!
가	그래, 날이 밝으면!
나	날이 밝으면?

가	날이 밝으면!
나	날이 밝으면?
가	날이 밝으면!

'가'와 '나', 날이 밝으면 내려가서 먹을 걸 구할 수 있다는 생각에 춤을 추며 웃어댄다.

나	날이 밝으면, 날이 밝으면, 날이 밝으면…….
가	날이 밝으면, 날이 밝으면, 날이 밝으면…….

'가'와 '나', 한참을 웃는다.

가	여기 있게 해주는 것만으로도 고마워해.
나	(감동하며) 오호~. 나, 정말 여기 있어도 되는 거야? 고마워. 정말 고마워.

'나', 느리게 혼자 춤을 추기 시작한다. 그러다 쓰레기를 뒤져서는 옮겨다 놓으며 움막 주변을 예쁘게 꾸민다.
'가', 물끄러미 '나'를 한참 바라본다.

가	(무시하며) 배고프다.
나	괜찮아. 지금부터는 걱정할 거 없어. 여기 산기슭에서부터 저기 바다까지 다 가졌잖아. 우리 집 뜨락에는 아름다운 해변과 휘황한 불빛들이 가득하다네.
가	너무 예뻐서 죽을 지경이야.

나	아름다운 해변. 휘황한 불빛. 아름다운 해변. 휘황한 불빛. 아름다운 해변. 휘황한 불빛.
가	너, 그 동네에 살던 때 생각하는구나?
나	글쎄, 너는?
가	글쎄, 아마도! 그런데, 내가 살던 동네랑 네가 살던 동네랑 비슷하다는 생각이 들어.
나	사는 건 다 비슷하니까.
가	네 말이 맞아. 사는 건 다 비슷해. (사이) 날이 밝았어.

'나', 하던 일을 멈춘다.

나	아직은 이른 아침이야.
가	그렇지? 내려가긴 너무 일러.
나	덫을 친 사람들이 아직 있을지도 몰라.
가	그래. 조금만 더 기다리자.

비가 온다. '가'와 '나'가 움막으로 피하지만, '가'가 '나'를 허락하지 않는다. 둘이 들어가기에는 움막이 비좁다.

'나', 움막 옆에 쪼그리고 앉는다.

'가', '나'에게 우산 하나를 던져준다.

'나', 우산을 받아 들며 행복해하지만, 찢어진 걸 확인하고는 짜증이 올라온다. 주변에서 종이박스를 찾아 우산 위에 올리고는 비를 막는다. 기분이 좋아졌다.

빗소리, 요란하다. 차츰 잦아들다가 사라진다.

가	다행이야.
나	그래, 비가 그쳐서 다행이다.
가	아니, 그거 말고.
나	그거 말고 뭐?
가	들키지 않은 거.
나	들키지 않은 거?
가	여기 말이야. 우리 집.
나	그러게. 그건 정말 다행이야. 비도 피할 수 있고.
가	배고프다.
나	나도, 배고프다. 너, 사는 게 뭐라고 생각하냐?
가	뭐긴 뭐야. 편안한 잠자리와 배불리 먹을 거.
나	어이구. 저 동물적 본능.
가	무시하는 그 눈빛. 뭐야?
나	무시하기는. 내가 누구 무시할 처지나 되냐?
가	먹는 거. 잠자는 거. 그거면 충분해.
나	먹는 거에 복종하고, 잠자는 거에 순종하는 거. 그게 충분해?
가	그런 넌, 뭐 특별해?
나	특별한 거까지는 아냐. 그냥, 바라봐 주는 거.
가	바라봐 주는 거? 웃기고 있네.
나	무시하지 마. (사이) 서로가, 서로를 바라봐 주는 거. 관계하는 거.
가	관계? 너 무슨 배신 당했냐?
나	아냐. 그냥.
가	사람들이 이제는 갔을까?

나	그래, 사람들이 갔을 거야.
가	배고파.
나	나도.
가	이제, 내려가도 되지 않을까?
나	야채소고기는 두고 갔을까? (조심스럽게) 우리, 가볼까?
가	날이 밝았으니까 괜찮겠지?
나	가보자.

'가', 나가려는 '나'를 붙잡고는 조심스럽게 말한다.

가	먼저 가게?
나	(머뭇거리며) 응.
가	그래, 가.

'나', 나가려다가 돌아 들어와서는 '가'를 앞장세우며

나	먼저 가.
가	그래.

'가', 나가려다가 돌아 들어와서는 '나'를 앞장세우며

가	네가 먼저 가.
나	너, 겁먹었구나.
가	아니야. 겁은 네가 먹은 거 같은데.
나	아니야. 절대. 아니야.

'나', '가'를 앞장세우며

나   네가 먼저 가.
가   그래. 알았어.

'나', 나가려는 '가'를 급히 잡아서는 한쪽으로 데려간다.

나   사람들을 조심해야 해.
가   그래.

'나', 나가려는 '가'를 급히 잡아서는 다시 한쪽으로 데려간다.

나   자동차도 조심해야 해.
가   알았어.

'나', 나가려는 '가'를 급히 잡아서는 다시 또 한쪽으로 데려간다.

나   먹을 것도 조심해야 해.
가   알았다고. (대답하고는 나가려다 돌아선다) 먹을 건 왜?
나   (한숨) 먹을 건 특히 더 조심해야 해.
가   왜?
나   왜냐면, 죽음과 바꿔야 할지도 모르니까.

'가', 표정이 심각해진다. 나가지 못하고 머뭇거리다 서성인다.

| 가 | 조금만 더 있다가 내려갈까? |
| 나 | 그래. 그게 좋겠다. |

'나', 먼저 움막을 차지하고 앉는다.
'가', 그런 '나'를 보다가 그냥 움막 옆에 쪼그리고 앉는다.

가	저기, 저쯤 어딘가였어.
나	뭐가?
가	내가 살던 집.
나	아까 이야기했잖아. 바보.
가	바보 아니다. 이 멍청아.
나	멍청이 아니다. 그리고, 넌 바보 맞아.
가	뭐야?!
나	아, 아니야. 취소.
가	(힘없이) 그래. 넌 멍청하고 난 바보다.
나	(힘차게) 아니야. 넌 겁쟁이고, 나는… 겁쟁이야.
가, 나	겁쟁이, 겁쟁이, 겁쟁이, 겁쟁이, 겁쟁이…….

'가'와 '나', 작은 소리로 웃는다.
'가'와 '나', 서로를 보며 웃는 소리 점점 커진다. 커지는 웃음소리만큼 슬픔도
커진다.
'가', 움막으로 들어가 '나'와 어깨를 부비적거리다가 겨우 함께 끼어 앉는다.

| 나 | 얼마나 더 버틸 수 있을까? |
| 가 | 죽지 않는다면, 살아낼 수는 있을 거야. |

나	죽지 않는다면?
가	그래. 죽지 않는다면.
나	그래. 아직은 견딜만하니까.

'가'와 '나', 힘없이 중얼거리며 쓰레기 더미를 뒤지기 시작한다.

가	아직은 견딜만하니까. 아직은 견딜만하니까.
나	아직은 견딜만하니까. 아직은 견딜만하니까.

도시의 소음들. 자동차 지나가는 소리, 빵빵거리는 소리, 앰뷸런스 소리
산 아래를 내려다보는 '가'와 '나', 요란하게 지나다니는 도시의 자동차들,
높은 빌딩들, 햇살을 받아서 반짝이는 해변
산 아래를 향해 소리치는 '가'와 '나'
도시의 소음이 그들의 소리에 묻혀서 사라진다.
그들의 소리가 점점 커진다.
그들의 소리가 커지는 만큼 슬픔도 점점 커진다.

가	아직은 견딜만하니까.
나	아직은 견딜만하니까.
가	아직은 견딜만하니까.
나	아직은 견딜만하니까.
가	아직은 견딜만하니까.
나	아직은 견딜만하니까.
가	아직은 견딜만하니까.
나	아직은 견딜만하니까.

⋮

조명, 아주 천천히 어두워진다.

(암전)

어둠 속, 개와 고양이의 슬픈 소리가 크게 나타났다가 사라진다.

- 막 -

춤추는 영혼들 ⓒ최우창

춤추는 영혼들

공연 약력

2021.7.7.(수)~7.11.(일) 공간소극장
2021.7.16.(금) 소금창고(대구, 대한민국소극장열전)
2021.7.28.(수) 소극장공터다(구미, 대한민국소극장열전)
2021.8.6.(금) 아트팩토리:봄(춘천, 대한민국소극장열전)

등장인물

페테르: 도시의 정령. 표트르에게만 보인다. 표트르에 의해 건설된 상트페테르부르크의 정령이다. 도시가 태어나고 그 정체성의 변화 속에서 진정한 도시의 본성, 즉 자신의 본성을 찾기 위해 탐색한다. 페테르는 다른 등장인물들의 탐색을 통해서 자신의 정체성을 찾고자 한다. 팔꼬네와 파라샤에게는 보이지 않는 존재다.

표트르: 상트페테르부르크를 건설한 러시아의 황제이며, 러시아가 강대국이 되는 기틀을 마련한 영웅이다. 그러나 그의 영광은 세월의 흐름 속에서 퇴색되고 대체되어 버렸다. 하지만 표트르는 자신의 지난 영광을 잊지 못하고, 끊임없이 탐색하며 다시 불타오르기를 기다린다.

팔꼬네: 예카테리나 2세의 부름을 받아 표트르 대제의 동상을 제작한 프랑스 예술가다. 그의 예술적 행위는 상류 사회의 영광을 위함이었으며, 자신의 신분과 지위를 높이는 일이었다. 신분과 지위를 위한 그의 탐색은 권력자의 힘을 통해 이루어짐을 실천적으로 이해한다. 팔꼬네는 자신의 신분과 지위를 위해 끊임없이 표트르의 영광을 원한다.

파라샤: 상트페테르부르크의 평범한 서민으로 살았던 파라샤. 파라샤는 너무나 사랑했던 연인 에브게니와 달콤하고 낭만적인 삶을 계획했지만, 네바강의 범람으로 목숨을 잃고 말았다. 죽음 이후에도 파라샤는 자신이 꿈꿔왔던 낭만적인 삶을 탐색하는데, 그것은 자신의 육신을 찾는 것으로 이루어질 것이라 믿는다. 파라샤가 간절히 원하는 마지막 낭만은 연인 에브게니가 파라샤의 육신을 수습해 꽃 한 송이를 놓아주는 것이다.

무대

꿈이 아닌 듯 꿈을 꾸는 공간이다. 황제 표트르가 앉을 수 있는 작은 바위 또는 그루터기 하나. 무대 뒤 가운데에 있다. 그 뒤에 황제의 재킷을 걸 수 있는 옷걸이가 있다. 보이지 않는 가상의 모닥불이 무대 여기저기에 산재해 있다. 그 외의 모든 공간은 몽환적이거나 환상적인 느낌의 조명과 음향의 움직임으로 채워진다.

#1장 사라진 영광의 탐색

범람하는 네바강. 물속 깊은 곳의 소리. 소용돌이치며 역류하는 소리.

파라샤　　나는 이제 죽는 것인가?

　　　　　　떠오르지 않는 침묵이 외롭게 소용돌이친다.

　　　　　　요동치는 소리가 입안을 맴돌다 부글거리며 공기 방울이
　　　　　　된다.

　　　　　　절규하는 공기 방울이 회오리치다 서서히 물 위로 솟구친다.

　　　　　　육신의 침묵이 투명하게 사라지고 있다.

　　　　　　물속에서 부유(浮游)하던 격정이 소스라친다.

　　　　　　갈급한 세포들은 살결을 따라 꿈틀거리다 얼음이 된다.

　　　　　　남은 격정의 떨림이 조용히 눈물을 훔친다.

　　　　　　육신의 격정은 닿을 곳을 찾지 못하고 있다.

　　　　　　나의 육신은 네바강의 먹이가 되었다.

　　　　　　육신의 침묵은 버둥대고, 육신의 격정은 닿을 곳을 잃었다.

　　　　　　육신은 그저 하루의 숨을 마시고 하루의 숨을 내쉬었을
　　　　　　뿐이다.

　　　　　　내 육신은 잘못한 것이 없다.

나는 내 육신을 찾아야 한다.

소리 커졌다 사라지는 사이. 암전되었다가 다시 밝아지는 조명.

파라샤는 없다. 나이 들어 구부정한 표트르. 표트르와 팔꼬네가 여기저기 흩어져 있는 모닥불을 신중하게 살피고 있다. 한참을 말없이. 함께 또는 따로.

표트르	얼마나 됐지?
팔꼬네	뭘 말씀하시는지?
표트르	팔꼬네.
팔꼬네	그건 제 이름인데요.
표트르	팔꼬네. 생각을 좀 해.
팔꼬네	아. 네. 그러니까 상트페테르부르크 건설로부터, 그게 그러니까, 제가 황제님을 위해 동상을 세웠고, 제가 죽은 이후로 그러니까 이 모닥불들을 제작하고, 그러니까 진정한 예술가로서… 그러니까….
표트르	그러니까 지금이 언제야?
팔꼬네	그러니까… 여긴 달력 같은 게 없어요. 이곳은 시간과 공간이 뒤죽박죽이에요.
표트르	됐어. 어차피 시간 따위는 중요한 게 아니니까. 모닥불.
팔꼬네	네.

팔꼬네가 무대 한쪽에 걸려있는 재킷을 챙긴다. 표트르에게 재킷을 입히고 단장한다. 그리고 진지하게 의식을 행한다. 모닥불이 활활 타오르기를 바란다. 그것은 황제 표트르의 영광을 되살리는 제의다. 예술가로서 혼신을 다하

는, 그런 팔꼬네의 행동은 너무나 진지해 우스꽝스럽다. 표트르는 그런 팔꼬네의 행동에 반응하며 여기저기에 있는 모닥불을 살핀다.

페테르가 나타나 두 사람의 의식을 살핀다. 붓을 들고 두 사람의 의식 위에 붓질을 한다. 멀찍이서. 천천히 두 사람의 의식을 뒤로하고. 앞에서 관객들 한 사람 한 사람의 모습 위에 덧칠을 하며 혼잣말을 시작한다. 신중하게 집중해서. 때로는 분주하게. 때로는 장난스럽게. 페테르의 그림은 누군가의 내면이다. 관객의 정신세계 속 깊은 내면. 도시와 도시의 현상들에서 발견되는 깊은 내면. 바로 코앞에서 관찰되는. 그 위에 덧칠하는.

페테르　　　네바강은 잠들지 않는다. 작은 애벌레마저 웅크린 채 꼬물거리고 있다. 잔혹함을 숨긴 네바강은 농민의 아우성과 노동자의 간절함마저 삼켰다. 저들의 주검이 위령비로 선 도시. 파라샤의 아비가 잠든 도시. 상트페테르부르크. 파라샤가 태어난 도시. (짧은 침묵) 나는 파라샤가 잠든 그날을 기억한다.

팔꼬네가 지친다. 숨을 몰아쉬는 팔꼬네.
페테르가 두 사람의 모습을 덧칠하고는 한쪽의 모닥불을 덧칠한다. 사학자들이 유물을 발굴하는 것처럼. 신중하게 집중해서. 때로는 분주하게. 때로는 장난스럽게.

팔꼬네　　　아무리 해도 늘 그래요. 꺼질 듯. 꺼질 듯.
표트르　　　아직 꺼지지는 않았어. 네바강이 분노하는 걸 봤나?
팔꼬네　　　네. 그렇게 미쳐버린 네바강은 처음이었어요.

표트르	제길. 네바강이 모든 걸 쓸어가 버렸어. 내 생각에는 말이야. 뭐든 모닥불을 태울 재료가 필요해.
팔꼬네	예술의 혼을 불어넣고 있어요.
표트르	지금까지 충분히 한 것 같은데.
팔꼬네	황제님의 영광을 위해 모든 에너지를 쏟고 있다구요.
표트르	알아. 안다고. 한결같으니까 문제지. 꺼질 듯. 꺼질 듯.

(짧은 침묵)
페테르가 도시의 다른 곳을 탐색하기 위해 조용히 나간다.

표트르	다시 제대로 해봐.
팔꼬네	조금만 쉬면 안 될까요? 죽을 거 같아요.
표트르	내가 이 도시에서 사라지길 바라는 건 아니겠지? 얼른!

팔꼬네가 다시 힘을 낸다. 표트르가 그에 반응한다. 좀 더 적극적인. 앞에서의 모닥불 의식. 여기저기 산재한 모닥불에 대해. 그러나 뭔가 조금 더 격한. 이상하고 해괴망측한. 하지만 진지한. 드디어 다시 또 지쳐 가쁜 숨을 몰아쉬며 땀을 훔친다. 산재한 모닥불을 하나씩 살피는 표트르.

팔꼬네	어때요?
표트르	똑같은데.
팔꼬네	다른 뭔가가 필요해요.
표트르	뭐가 필요하지?
팔꼬네	영광의 날을 이야기해 보죠.
표트르	왜?

팔꼬네	폐하의 영웅적인 이야기가 도움이 될지도 몰라요.
표트르	좋아. 해봐!
팔꼬네	제가요?
표트르	….
팔꼬네	아, 네.
표트르	자네의 그 예술가적 감성을 발휘해 봐.

표트르와 팔꼬네가 알 수 없는 웃음을 교환한다.

팔꼬네	좋아요. 기억하라! 제왕의 깃발을 들고 쉼 없이 달음박질 하던 저 감격한 영혼들을.
표트르	엄청난 칭송이야. 무엇에 감격했지?
팔꼬네	그야 폐하께서 건설한 이 혁명적인 도시에 대해서죠.
표트르	역시 자넨 예술가야.
팔꼬네	죄송하지만, 제가 한 말은 아닙니다.

서로 알 수 없는 야릇한 웃음을 교환한다.

표트르	그럼, 누가 했지?
팔꼬네	예카테리나.
표트르	그렇군. 오, 예카테리나. 정복자의 시선이 장엄한 예술을 가능하게 했지.
팔꼬네	엄청난 말인데요. 폐하의 말에 동의합니다.
표트르	파괴가 새로운 건설을 가능하게 한 거야.
팔꼬네	전쟁 뒤에 영광. 그 말에도 동의합니다.

표트르	자넨 동의만 하고 있을 텐가? 자. 계속해.
팔꼬네	난 시인이 아니라 조각가라구요. 그 전에는 목수 밑에서 겨우 도제살이를 했어요.
표트르	그럼, 예카테리나가 자네를 왜 불렀나?
팔꼬네	그야 위대한 폐하의 동상을 만들기 위해서지요.

다시 서로를 향해 알 수 없는 야릇한 웃음을 보낸다.

표트르	나를 칭송하기 위해서지. 나의 영광을 위해서 말이야.
팔꼬네	폐하께서는 러시아의 영웅입니다. 새로운 도시를 건설했고, 힘 있는 국가를 만들었어요. 누구도 부정할 수 없는 사실이죠. 폐하의 말에 동의합니다.
표트르	그저 동의. 동의. 감성이라고는… 조금 전에 자네가 뭐라 했지?
팔꼬네	무슨 말을… 제가….
표트르	예카테리나가 했던 말.
팔꼬네	감격한 영혼들의 달리기. 뭐 그런.
표트르	그래. 뭔가 있어 보이잖아. 오~ 나의 귀여운 예카테리나.
팔꼬네	귀엽다고요? 예카테리나는 폐하의 손자를 폐위시켰어요.

(짧은 침묵)

표트르	표트르 3세 말이군. 예카테리나의 남편이었지.
팔꼬네	폐하의 손자며느리가 폐하의 손자를 폐위시키고 왕위에 올랐어요.

표트르	누가 왕이 되건, 그런 건 중요하지 않아.

두 사람 또다시 야릇한 웃음을 교환한다.

표트르	그리고 또 예카테리나가 뭐라고 했지?
팔꼬네	(잠시 생각하다가) 보라! 이 도시의 빛나는 기적을. 상트페테르부르크의 영광을 표트르 대제에게 받칠 것이다.
표트르	멋져. 다른 말을 더 찾아봐.
팔꼬네	우리의 영웅. 표트르 대제를 따르라. 그분이 우리의 미래를 안내할 것이다.
표트르	황홀하기까지 하군. 내가 예카테리나를 어떻게 미워할 수 있겠어.
팔꼬네	그만하시죠.
표트르	뭐?!
팔꼬네	그 정도면 충분히 반응을 보일만 하니까요.

팔꼬네와 표트르가 산재해 있는 모닥불을 살핀다. 모닥불은 객석에도 있다.

표트르	꼼짝을 안 하는데.
팔꼬네	자세히 보세요. 조금 커진 것 같은데요.

모닥불의 크기를 손으로 재고 있는 팔꼬네. 표트르가 한심한 듯 팔꼬네를 바라본다.

표트르	제대로 좀 해봐.

팔꼬네가 뭔가 생각난 듯. 그물을 찾아들고 은밀히 관객에게 다가가 던진다. 관객의 영혼 또는 물건을 낚아다가 모닥불에 집어넣고는 말도 안 되는 주문을 외운다. 혼자 모닥불놀이를 하며

팔꼬네	타올라라. 타올라라. 타올라라….
표트르	똑같은데.

팔꼬네가 관객의 영혼 또는 물건을 돌려주고 다른 영혼 또는 물건을 그물로 낚아다가 모닥불에 넣는다. 혼자 모닥불 놀이를 하며

팔꼬네	타 올라라. 타 올라라. 타올라라….
표트르	얼른 돌려 드리고 와.

팔꼬네가 관객의 영혼 또는 물건을 돌려준다.

표트르	멍청한 놈.
팔꼬네	(혼잣말) 멍청하다니. 그런 말은 처음 들어. 멍청하다니.
표트르	재료에 문제가 있어. 분명해.
팔꼬네	재료에는 문제가 없어요. 진품이었어요.
표트르	뭔가 특별한 게 필요해.
팔꼬네	특별한 거라. 어젯밤, 공동묘지에 갔었어요.
표트르	공동묘지?

공동묘지의 분위기가 무대를 채우면 팔꼬네가 이상한 몸짓을 하며 모닥불에 무엇인가 집어넣는 시늉을 한다.

표트르   그만해! 그게 문제야. 깨끗하고 순수한 뭔가가 필요해.

팔꼬네   순수한 건 없어요. 만약 순수한 게 있다면, 생명이 태어나는 순간이거나 죽음을 맞이하는 순간이죠.

표트르   그럼, 뭐가 문제라는 거지?

두 사람 생각 속에 잠겨 서로 엇갈리며 무대를 돌아다닌다.

팔꼬네   폐하.

표트르   왜?

팔꼬네   페트로그라드 구역을 둘러봐야겠어요.

표트르   거긴 왜? 땅값이라도 올랐어?

팔꼬네   파블로프스크 요새. 이 도시가 시작된 곳이죠. 황제의 영광이 거기 있을지도 몰라요.

표트르   그래. 좋아. 다녀오도록 해.

팔꼬네가 엄숙한 의식을 행하듯 표트르의 재킷을 받는다. 천둥, 번개, 빗소리. 팔꼬네가 재킷을 옷걸이에 정성스럽게 걸어두고는 그물을 챙긴다. 손을 머리 위에 올리고 비를 막는 행동을 하며 관객석을 헤맨다.

팔꼬네   (관객들에게) 뭐해. 비 오는데. 머리에 비 다 맞잖아.

표트르   페트로그라드는 저쪽이야.

팔꼬네   아, 그렇지.

팔꼬네가 객석을 빠져나와 나가면 멀리서 빗소리만 들려온다. 표트르는 팔꼬네가 나가는 모습을 지켜보고 돌아선다.

표트르   아직 끝나지 않았군. 네바강이 단단히 화가 났어. (보이지 않는 팔꼬네를 향해) 내 영광을 찾아. 황제의 영광. 영웅의 영광.

표트르가 모닥불을 지켜본다. 근심하는 눈빛으로. 무대에 산재한 모닥불을 하나씩. 조용히 들어오는 페테르를 알아채지 못한 채. 빗소리가 멀리 들린다. 페테르는 여전히 붓을 들었다. 앞에서 했던 것처럼. 이상스런 몸짓으로. 신중하게, 장난스럽게, 느리게, 빠르게. 산재한 모닥불에 덧칠한다. 유물 발굴단처럼. 표트르에게 조용히 다가간다. 몰래. 표트르를 놀리듯, 약 올리듯. 표트르의 곁을 들락거리며. 산재한 모닥불을 들락거리며. 붓으로 채색하며. 때로는 심각하게. 때로는 비장하게. 때로는 장난스럽게. 때로는 이상하게 웃으며.

페테르   파라샤를 봤나?

표트르   (놀라며) 인기척은 하면서 다닐 수 없나?

페테르   파라샤를 봤냐고 물었어.

표트르   처음 듣는 이름인데. 그게 누구지?

페테르   이 도시가 낳은 딸. 사악한 네바강이 그녀를 삼키려 하고 있어.

표트르   지금은 누구를 찾고 있을 때가 아니야.

페테르   시간이 없어. 그녀를 찾아야 해.

표트르   지금 안 보여? 내 모닥불이 위태롭다고.

페테르   지금 찾지 않으면 그녀는 떠돌이 영혼이 될 거야.

표트르	그럴 시간에 저 웅장한 영광의 소리를 들어.
페테르	귀 기울여. 헤아려 들어야만 하는 소리가 있어.
표트르	제발 나를 내버려 둘 수 없나?
페테르	지금 네바강이 바닷길을 되돌아 소용돌이치는 소리를 들어. 겁에 질린 파라샤의 소리.
표트르	어린애의 울음소리 따위는 엄마에게 맡겨.
페테르	아이가 아니야. 다 자랐지. 청년이 된 도시의 딸.
표트르	제길. 알았어. 하지만 조용해. 자 들어봐. 조용하다고.
페테르	하지만 조심하는 게 좋아. 순수한 영혼들이 모여들고 있어.
표트르	순수한 영혼?! 헛소리 그만하고 사라져.
페테르	조심해! 조심하라구! (나간다.)
표트르	사라져!

뭔가 불안해하며 모닥불을 살피는 표트르. 멀어졌던 빗소리가 천둥, 번개와 함께 거세지면, 표트르가 시선을 들어 바깥세상을 살피다 생각에 잠긴다. 조명이 서서히 사라진다.

#2장 육신을 찾는 영혼

폭우 소리 점점 줄어들다 사라진다. 조명이 밝아진다.

모닥불 옆에서 졸고 있는 표트르.

천 조각을 숨겨 들어오는 팔꼬네. 조심스럽게 천 조각을 꺼내본다. 표트르를 본다. 그물을 내려놓고는 천 조각을 등 뒤로 숨긴다.

표트르가 악몽을 꾸고 있다. 가위눌린 표트르. 놀라 깨어나서는 산재한 모닥불을 하나씩 살핀다. 정신을 차린다. 객석에도 모닥불이 있다.

표트르	어떻게 됐지?
팔꼬네	폐하의 영광을 가지고 왔어요.
표트르	내 영광을 찾았어?
팔꼬네	네.
표트르	오~ 대단해. 어디 있어?
팔꼬네	(구깃한 천 조각 하나를 조심스럽게 펼쳐 들어 보이며) 여기 있습니다.
표트르	그건 뭐지?
팔꼬네	파블로프스크 요새의 성벽 가루가 묻은 천입니다.
표트르	왜, 발트함대의 돛을 잘라 오지 그래.
팔꼬네	그것도 좋은 생각인데요. (이상한 웃음) 잘 생각해 보세요. 황제께서 세운 요새. 황제께서 만든 함대.
표트르	자네 생각도 일리가 있어. 나의 진짜 영광이 그 안에 있을 지도 모르지.

두 사람이 함께 알지 못할 웃음을 교환한다.

팔꼬네   시작할까요?
표트르   좋아!

황재의 재킷. 앞에서의 의식을 준비한다. 팔꼬네가 천 조각을 조심스럽게 모닥불에 태운다. 산재해 있는 모닥불.

파라샤가 조심스럽게 들어와 그들의 모습을 지켜본다. 하지만 두 사람은 파라샤의 등장을 전혀 눈치채지 못한다.

표트르와 팔꼬네가 의식을 진행한다.

팔꼬네   충직한 군인들의 피와 땀. 그 위에 황제의 영광을.

표트르   우리는 전쟁을 치렀지. 피의 승리에 영광을.

팔꼬네   수많은 노동자의 피와 땀. 그 위에 황제의 영광을.

표트르   우리는 도시를 세웠어. 노동의 승리에 영광을.

팔꼬네   정복과 도시 건설의 찬란함. 그 위에 황제의 영광을.

표트르   그건 내가 만든 혁명이지. 나의 혁명에 영광을.

팔꼬네   무릎 꿇고 눈치 보던 시대는 끝났다.

표트르   머리를 조아리던 나약한 시대는 끝났다.

팔꼬네   질척거리던 늪지의 변신. 그 위에 황제의 영광을.

표트르   개척 정신의 도시. 그 희망에 영광을.

팔꼬네   강력한 국가의 건설. 그 위에 황제의 영광을.

표트르   이 도시는 강력한 국가의 상징이야.

팔꼬네   표트르 대제에게 영광을!

온몸에 뻗치는 모든 신경을 모아 한참을 모닥불에 집중하고 있다.

마치, 바로 똥을 쌀 것처럼. 두 사람 알지 못할 웃음을 교환한다. 산재한 모닥
불을 살핀다.

페테르가 들어와 모두를 탐색하고 있다.

표트르	소용없는데.
팔꼬네	(천을 집어 들며) 이걸로는 부족한 거 같아요.
표트르	발트함대의 돛을 가져와야겠어.
팔꼬네	다녀오겠습니다.
표트르	아냐! 내가 직접 가지.
팔꼬네	친히? 중요한 때니까.
표트르	그래. 중요한 때니까.
팔꼬네	신분을 숨긴 채 친히 유럽 각국을 다녔듯이 말이죠?
표트르	그래. 은밀하게. 강력한 러시아가 만들어지는 걸 원하는 나라는 없어. 강한 나라가 약한 나라를 강탈하는 법. 나는 무릎 꿇고 머리 조아리던 이 나라의 허약함에 종지부를 찍었어. 강탈하거나 강탈당하거나. 둘 중 하나일 뿐이지. 힘 있는 자만이 평화를 말할 수 있는 거야.

팔꼬네가 재킷을 받아 든다. 표트르가 그물을 챙겨 들고 나간다.

페테르가 표트르를 따라 나간다.

파라샤는 그동안 두 사람의 모습을 숨어서 지켜보고만 있다.

팔꼬네가 재킷을 다시 걸어둔다. 파라샤를 발견하고는 깜짝 놀란다.

파라샤	놀라게 할 생각은 없었어요.

팔꼬네	누구야?
파라샤	파라샤.

파라샤가 팔꼬네가 들고 있던 천을 본다.
팔꼬네가 천을 황급히 숨긴다.

팔꼬네	어떻게 왔지?
파라샤	모르겠어요. 여긴 어디죠?
팔꼬네	시작과 끝.
파라샤	네?
팔꼬네	아무 곳도 아니야.
파라샤	무슨?
팔꼬네	부유하는 도시의 어딘가.
파라샤	알 수 없는 말만 하는군요.
팔꼬네	사람들 눈에는 안 보인다는 말이지.
파라샤	안 보인다고요?
팔꼬네	시간과 공간을 초월한 어딘가. 더이상은 나도 설명할 수 없어.
파라샤	아까 하던 짓은 다 뭐죠?

파라샤가 바로 앞에서 팔꼬네가 하던 행동을 따라해 보인다. 우스꽝스런 파라샤의 모습에 팔꼬네가 웃음을 터트리다가 정색을 한다.

팔꼬네	왜 훔쳐봤지?
파라샤	훔쳐본 건 아니에요. 그냥….

팔꼬네	훔쳐본 게 아니면?
파라샤	너무 진지해 보여서. 똥 싸는 거 같기도 하고….
팔꼬네	뭐?!
파라샤	황제에게 영광을.
팔꼬네	표트르 황제를 모욕하다니.
파라샤	모욕할 의도는 없었어요. 그냥 재미있어서.
팔꼬네	영웅에게 영광을 돌리는 건 신성한 일이야. 재미라니.
파라샤	아저씨 표정을 보니까 놀이를 하고 있었던 건 아니군요.
팔꼬네	아저씨? 놀이? 영웅에게 영광을!
파라샤	영웅이요? 지금 이 도시에 영웅 따위는 없어요.
팔꼬네	말도 안 되는 소리! 시대의 영웅에게 예의를 갖춰.
파라샤	영웅은 모두 똥통에 빠졌나 보던데.
팔꼬네	불온한 사상을 가졌군. 이 도시를 건설한 건 혁명적인 일이야. 다시 한번 말하지만 예의를 갖춰.
파라샤	이 도시를 건설한 건 재난을 부르는 명청한 짓이었어요.
팔꼬네	명청하다니? 명청한 게 뭔지 모르나?
파라샤	아뇨. 잘 알아요. 자연의 힘 앞에서 사람은 무력하다는 사실. 영웅은 바보가 아니면 명청한 게 맞아요.
팔꼬네	누가 그런 걸 가르쳤지?
파라샤	가르쳐요? 나는 내 눈으로 봤어요. 나를 삼키기 위해 다가오는 그 힘을. 분노하는 네바강을. 범람하는 네바강은 포악한 악마였어요. 네바강이 나를 삼킬 때 영웅은 어디 있었죠?

(침묵)

팔꼬네	너의 죽음에 명복을 빌어.
파라샤	명복을 빌어요? (사이) 그럼, 내 육신을 찾을 수 있게 도와주세요.

(침묵)

팔꼬네	그만 갈 길을 가는 게 좋겠어.
파라샤	혹시, 내 육신이 어디 있는지 아세요?
팔꼬네	내가 그걸 어떻게 알아?
파라샤	나는 내 육신을 찾다가 뭔가에 이끌려 여기로 왔어요.
팔꼬네	여기는 무덤이나 묘지 같은 곳이 아니야. 곧 폐하께서 오실 거야. 나를 난처하게 만들지 마.
파라샤	아저씨를 난처하게 할 생각은 없어요.
팔꼬네	그러니까 얼른 떠나는 게 좋겠어. 만약 황제께서 너를 본다면 모닥불 속에 집어넣어 버릴 거야.
파라샤	왜죠?
팔꼬네	신성한 곳을 침범한 죄. 황제의 권위에 도전하는 자들은 비참한 죽음을 맞이했어.
파라샤	나는 권위에 도전하지 못해요. 난 그냥 평범한 사람인걸요.
팔꼬네	당연히 그렇겠지. 하지만 권력을 가진 사람들의 생각은 예민해. 사소한 것들도 그냥 넘어가지 않는다고. (나가는 길을 가리키며) 자.
파라샤	나는 내 육신을 찾아 예브게니를 만나야 해요.
팔꼬네	그게 누군데?

파라샤	나와 삶을 함께할 운명. 사랑하는 사람이죠.
팔꼬네	그러니까 그게 누구냐고?
파라샤	그는 왼쪽 다리를 절어요. 하지만 마차를 운전할 수 있어요.

파라샤가 공간을 둘러본다. 산재한 모닥불. 하나의 모닥불에 서서.

파라샤	그런데, 여기에 뭔가 실마리가 있을 것 같아요.
팔꼬네	무슨 소리야?
파라샤	내 육신을 찾을 수 있는 실마리.

파라샤가 모닥불 앞에서 팔꼬네의 행동을 따라해 본다.

팔꼬네   소용없어!

팔꼬네는 파라샤의 행동을 말리며 내보내려 한다. 이때 페테르 들어와 두 사람의 실랑이를 지켜본다. 한참을 실랑이하는 두 사람. 겨우 팔꼬네가 파라샤를 데리고 나간다.

페테르는 두 사람이 나간 곳을 지켜본다. 붓질을 시작한다. 팔꼬네와 파라샤의 모양. 산재해 있는 모닥불.

표트르가 종이배를 소중하게 들고 들어온다. 페테르를 바라본다. 눈이 마주친다. 말없이 모닥불을 살핀다.

페테르가 표트르와 산재한 모닥불을. 붓으로 채색하며. 왔다 갔다. 때로는 약올리듯, 때로는 장난하듯, 때로는 심각하게, 때로는 비장하게. 사물과 대상의 정신세계 깊은 내면을 그린다. 유물을 발굴하는 사학자처럼 조심스럽게.

표트르	나의 영광이 사라지고 있어.
페테르	스스로를 신뢰하지 못하면 두려움이 나를 공격하기 시작해. 보이는 모든 것들이 두려워지기 시작하지.
표트르	내 모닥불을 봐. 내 영광을 증명할 모닥불이 죽어가고 있어.
페테르	모닥불은 현상이야. 자연으로부터 나오는 자연스러운 현상이지. 그런데 사람들은 현상과 마주하는 걸 두려워해.
표트르	네 말을 듣고 있으면 정신이 혼란해져.
페테르	현상은 늘 혼돈으로 꿈틀거리다 폭발해. 그걸 운명이라고 하지.
표트르	그만 좀 할 수 없어?
페테르	모닥불은 그저 자연일 뿐이야.
표트르	제발! 사라져!
페테르	도시의 정령은 사라지지 않아. 잘 알고 있잖아.

팔꼬네가 들어온다.

표트르	너만 보면 화가 나. 제발 내 앞에서 사라져.
팔꼬네	(놀라며) 제가 무슨 잘못이라도 했나요?
표트르	아무것도 아냐. 모닥불.

팔꼬네가 그제야 이상함을 느끼고는 주변을 둘러본다.
페테르의 붓질은 멈추지 않는다.

표트르	뭐해!

팔꼬네　　　아, 네. 모닥불.

팔꼬네가 황제의 재킷을 챙겨 성대한 의식처럼 표트르에게 입힌다.

표트르가 팔꼬네에게 종이배를 넘긴다.

팔꼬네가 조심스럽게 그것을 받아 든다.

표트르와 팔꼬네가 모닥불 의식을 진행한다. 앞에서와 같은.

페테르의 붓질은 여전히 계속된다. 두 사람으로부터 멀찍이. 그들을 뒤로한 채 객석의 영혼들에 관심을 가진다. 객석 앞에 있는 모닥불과 관객의 영혼들을 채색한다.

팔꼬네　　　발트함대의 용맹함에 영광을.

표트르　　　발트함대를 탄생시킨 조선소에 영광을.

팔꼬네　　　조선소를 건설한 이 도시의 충성심에 영광을.

표트르　　　유럽을 향한 조선소에 영광을.

팔꼬네　　　유럽을 향한 영웅의 결단에 영광을.

표트르　　　영광을.

두 사람은 모든 에너지를 온몸으로 쏟아내며 모닥불에 집중한 채로 멈춰 있다. 모닥불은 여전히 꺼질 듯 타고 있을 뿐이다.

페테르　　　소용없어. 수많은 영혼이 자신의 육신을 찾아 소용돌이치고 있어.

표트르　　　무슨 소리를 하는 거야?

페테르　　　힘없이 무고하게 희생된 사람들. 당신이 만든 도시가 재난을 불렀어.

표트르	숭고한 영광을 위한 희생이야.
팔꼬네	당연하죠.
페테르	뭐가 당연하다는 거지?
표트르	강력한 패권. 미래를 위한 희생. 개발을 위한 희생. 밝은 미래를 열었어.
팔꼬네	맞아요. 동의합니다.
페테르	미래? 어떤 미래? 봐. 당신이 부른 재난이야.

갑자기 천둥, 번개, 빗소리.
빗소리 공간을 채웠다가 조금씩 아주 천천히 멀리 들린다.
페테르의 붓질은 멈추지 않는다.

페테르	네바강의 분노는 당신의 영광을 말하지 않아.
표트르	나의 영광은 이 도시 어디에나 있어.
팔꼬네	그럼요. 동의해요.
표트르	나는 국가를 위해서 혼신을 다했어. 이 도시의 시작은 바로 나야.
팔꼬네	맞아요. 동의합니다.
페테르	새로운 시작은 새로운 재난을 부르기도 하지. 도시에는 평화가 필요해.
표트르	평화. 자유. 평등. (웃음) 모든 건 강력한 힘으로부터 나와. 난 강력한 힘을 만들었어.
팔꼬네	네. 그럼요. 동의해요.
페테르	모닥불을 봐. 힘은 또 다른 힘의 지배를 받아. 언제나 순환하지. 자연이 숨 쉬는 것처럼. 재난이 당신의 영광을 짓

누르고 있어.

표트르   시대는 영웅을 필요로 해. 우리 러시아는 200년 동안 몽골의 지배를 받았고, 착취당했던 민족의 허약함에서 벗어나지 못하고 있었어. 유럽의 강대국들에 대항하지 못했지. 심지어 우리는 스웨덴의 침략으로 인해 유럽으로 가는 길마저 막혀버렸어.

(짧은 침묵)

표트르   외세의 침략으로부터 나라를 지켜야 한다. 부국강병의 러시아를 만들어야 한다. 적들을 물리치고 유럽으로 가는 길을 열어야 한다. 그것이 황제인 나 표트르의 어깨 위에 주어진 운명이다. 영원 하라 상트페테르부르크! 영원 하라 나의 영광이여! 영광의 흔적들을 죄다 가져와.

팔꼬네   네? 어떤 영광을?

표트르   모두, 전부, 다! 아니, 내가 직접 하지.

표트르가 재킷을 벗어 던지고 그물을 챙겨 나가면 팔꼬네가 재킷을 챙긴다. 팔꼬네가 무대에 산재한 모닥불에 말한다.

팔꼬네   모든 시대는 영웅이 필요해. 영웅 말이야. (영웅을 자신의 몸으로 그려 보인다.) 적군들을 무찌르는 거야. (적군을 무찌르는 모습을 몸으로 그려 보인다.) 최고의 영광을 얻는 거지. 넌 불꽃이 너무 작아. 표트르 황제의 영광에 미치지 못한다는 말이야. 잘 들어. 유럽으로 가는 뱃길을 열었어. 발트함대를 만들었지. 영원하라, 상트페테르부르크. 영원 하라 표트르의 영광이여. 제발 좀 불꽃을 키워. 표트르 황제의 영광에 비해서 너희들은 불꽃이 너무 작아. 내 말 못 알아들어? 오줌을 싸버릴까 보다.

팔꼬네가 표트르를 찾아 나간다. 발걸음 겨우. 골치 아픈 상황이 짜증난다.

페테르   도시의 정령인 나는 나를 대면한다. 황량한 늪지대에 우뚝 선 석축들. 유럽으로 향하는 조선소의 함대들. 멈추지 않는 나의 역사를. (침묵) 나는 황제 표트르가 낳았다. 하지만 황제 표트르는 죽었고, 이제 보이지 않는 어딘가에서 도시와 함께 존재한다. 생명은 유한했지만, 도시 어딘가에서 그는 무한하다. (침묵) 그는 왜 죽어서조차 이 도시를 떠나지 못하는 걸까?

페테르가 산재한 모닥불을 살핀다. 객석에 모닥불. 객석을 정면으로 응시하며. 신중하게. 집중하며. 천천히. 작게. 아주 신중하게.

천둥, 번개, 빗소리 점점 커지면서 조명이 서서히 사라진다.

#3장 팔꼬네와 파라샤

빗소리가 사라지기 시작하면 조명이 들어온다. 무대에는 아무도 없다.
파라샤가 들어온다. 팔꼬네를 찾는다. 공간을 살핀다. 산재한 모닥불.

파라샤   아무도 없나요?

모닥불 하나에 멈춰 선다. 모닥불 의식을 흉내 내며

파라샤   내 육신을 찾고 있어요. 네바강이 우리를 덮치고 있어요.

팔꼬네가 조용히 들어와서 파라샤를 보고 있다.
파라샤가 모닥불 의식을 한다. 팔꼬네의 행동을 흉내 내며

파라샤   내 육신을 찾고 있어요. 네바강이 우리를 덮치고 있어요.
             내 육신을 찾고 있어요. 네바강이 우리를 덮치고 있어요.

파라샤가 행동을 멈춘다. 숨을 몰아쉬며 팔꼬네를 본다.

팔꼬네   네바강은 잠들지 않아. 하지만 너는 잠들었어. 네바강 속
             에서 영원히. 혼란, 슬픔, 그런 것들은 잊어.
파라샤   아니요. 나는 잠들지 않았어요. 지금도 깨어 있어요. 희생
             된 모든 것들이 나를 잠들게 하지 않아요.

파라샤가 다시 모닥불 의식을 시작하다가 팔꼬네의 말에 동작을 멈춘다.

팔꼬네   나는 예브게니가 너의 흔적을 찾아 헤매는 것을 봤어.

파라샤   예브게니. 그를 만났나요?

팔꼬네   너를 찾아 헤매고 있더군.

파라샤   예브게니. 그는 지금 어디에 있죠?

팔꼬네   나도 몰라. 너를 찾아 헤매고 있겠지. 누구도 네바강의 분
            노에 대항할 수는 없어.

파라샤   예브게니. 그는 나에게 청혼하려고 했어요. 이제 곧 적당
            한 일자리가 생길 거라고, 젊고 건강하니까 밤낮으로 일
            할 거라고 했어요. 그리고 우리 집을 가지는 꿈도 말했어
            요. 소박하겠지만 지낼만한 거처를 마련할 수 있을 거라
            고. 미안한 과거들만 내 옆에 남았어요. 나는 내 육신을
            찾아 예브게니에게로 가야 해요.

팔꼬네   그건 불가능해. 너의 육신은 이제 숨 쉬지 않아.

파라샤   내 육신만이라도 그에게로 보내야 해요.

팔꼬네   왜지?

파라샤   예브게니가 내 육신에 인사하고 작은 꽃 한 송이를 놓을
            수 있을 테니까요.

팔꼬네   꽃 한 송이? 낭만적이군.

파라샤   사람은 누구나 헤어질 때 인사를 해요. 나는 단지 인사를
            하고 싶은 거 에요. 하지만, 너무 슬프지 않게.

팔꼬네   세상은 낭만적이지 않아. 그건 바람일 뿐이야.

파라샤   세상은 세상. 나는 나일 뿐. 나는 나를 찾아야 해요. 그런
            데, 아무리 돌아다녀도 나를 찾을 수가 없어요. 보글거리

는 물방울이 내 눈을 가리고, 쇠구슬 같은 공기 방울이 가슴을 짓눌러요. 나는 나를 찾아야 해요.

침묵. 조명과 음향의 알 수 없는 움직임.

팔꼬네	네바강의 분노는 진정되었어. 모두가 다시 일상으로 돌아갔지. 너도 이제 평온을 찾아.
파라샤	사랑하는 사람과 인사를 나누는 것조차 허락되지 않는 건 너무 잔인해요.
팔꼬네	황제가 너를 가만두지 않을 거야.
파라샤	그가 잔인하게 군다면, 나는 주먹을 쥐고 소리를 지를 거예요.
팔꼬네	나를 힘들게 하는군.
파라샤	아저씨를 힘들게 하고 싶지는 않아요.
팔꼬네	네가 나를 힘들게 해! 힘들게 한다고.
파라샤	내 슬픔을 이해해 주시는군요. 고마워요. 그런데, 혹시 내 육신이 어디에 있는지 아세요?
팔꼬네	조심해. 너의 그 영혼마저 불태워질지도 몰라.

팔꼬네가 외면하고 말없이 돌아선다. 파라샤가 가만히 팔꼬네를 보고 한참 서 있다.

파라샤	아저씨가 예브게니를 만났다면… 나도 만날 수 있나요?
팔꼬네	나는 봤다고 했지, 만났다고는 안 했어. 운명이야. 받아들여야만 하는.

파라샤   네바강의 홍수가 도시를 덮기 전에 난 이곳에서 행복을
　　　　　꿈꿨어요.

파라샤가 하나의 모닥불에 선다. 모닥불 의식.

파라샤   나는 내 육신을 찾고 있어요. 네바강이 우리를 덮치고 있
　　　　　어요.

페테르가 들어온다. 여전히 붓을 들고 있다. 멀찍이. 두 사람을 살피고, 산재
한 모닥불을 살피고, 조심스러운 붓질.
팔꼬네가 파라샤를 데리고 나간다.

페테르   아무것도 할 수 없다. 부서진 것들, 쓸려나간 것들, 어떤
　　　　　집들은 찌그러졌고, 어떤 집들은 완전히 부서졌고, 어떤
　　　　　것들은 파도로 밀려 나갔고, 도시는 마치 전장처럼 시체
　　　　　들이 널려 있다. 불행한 사람들의 낯익은 거리가 끔찍하
　　　　　게 변했지만 나는 지켜보기만 해야 했다. (침묵) 나는 단지
　　　　　너를 끌어안는 것 외에는 아무것도 할 수 없었다.

페테르가 하나의 모닥불을 내려다본다. 소총 소리, 군악대 행군 소리, 전장
의 소리가 무대를 채우기 시작한다. 소리가 점점 커지면 조명이 서서히 사라
진다.

#4장 백야의 영혼들

전장의 소리가 서서히 사라지면 조명이 천천히 밝아진다.

페테르가 모닥불에 붓질을 하고 있다. 섬세하게. 유물 발굴단처럼.

표트르가 빈 그물을 던지듯 내려놓는다. 위기감으로. 불안함으로. 산재한 모닥불. 분주하게. 점점 더 불안함으로 가득 찬다.

페테르가 그런 표트르를 붓질한다. 멀찍이. 때로는 가까이. 산재한 모닥불. 객석에 모닥불.

표트르	팔꼬네! 팔꼬네!
페테르	소용없어.
표트르	뭐가 소용없다는 거지?
페테르	당신의 모닥불은 더 이상 타오르지 않아.
표트르	헛소리 그만하고 제발 나를 내버려둬.
페테르	당신이 나를 만들었어. 이 도시를 말이야. 잊었나?
표트르	그래. 넌 도시의 정령이고 내가 이 도시를 건설했어. 알았으니까 제발 나를 내버려둬.
페테르	도시는 전쟁터가 됐어.
표트르	그래서. 뭐? 세상의 모든 역사는 전쟁으로 시작해서 전쟁으로 끝나는 단순한 기록이야. 이기는 자와 굴복하는 자의 기록.
페테르	그럼, 당신이 찾는 영광은 뭐지?
표트르	이긴 자의 기록. 이긴 자의 유물. 승리자에게만 주어지는 영광.

페테르	당신의 도시가 위기에 처해 있어.
표트르	알았어. 알았으니까 제발, 제발! 나를 내버려둬. 팔꼬네!
페테르	이 도시가 점령당하면 당신의 영광도 사라질 거야. 저 모닥불도.
표트르	당장 사라져. 제발.
페테르	연민. 동정. 그런 게 필요해.
표트르	연민, 동정? 우매한 영혼들에게 그게 다 무슨 의미가 있지?
페테르	내가 말하는 건 당신을 향한 동정이야. 황제 표트르. 당신을 위한 연민.
표트르	나를 위한다고? (웃는다.) 사라져~!
페테르	도시의 정령은 사라지지 않아. 나는 그냥 변화하는 과정. (사이) 단지 네바강을 바라보고, 숲과 늪지대를 살피고, 누군가를 바라보는… 그저 존재하는… 그런데 지금 나는 뭐지?
표트르	팔꼬네! 팔꼬네!

표트르가 산재한 모닥불을 살핀다. 심각하게. 분주하게. 때로는 가만히.

페테르	반복되는 재난이 도시를 뒤덮고 있어. 도시는 새로운 영웅이 필요해.
표트르	내가 건설한 도시야. 상트페테르부르크. 기적의 도시. 기적을 만든 나라. 그건 변하지 않아.
페테르	사람들은 한 영웅이 퇴장하면 또 다른 영웅을 기다리지. 당신의 모닥불은 사라져 버릴 거야.

표트르	헛소리. 반드시 타오를 거야. 예전처럼. 내가 퇴물 영웅이 라 해도 내 영광이 사라지는 건 아니야.

갑자기 괴성처럼 들리는 소총 소리. 군악대의 행군 소리. 전장의 소리.
소리에 떠밀려 팔꼬네와 파라샤가 들어온다. 이어, 소리 사라진다.

팔꼬네	큰일 났어요.
표트르	저 영혼은 뭐지?
팔꼬네	신경 쓰실 것 없어요.
페테르	내가 말하지 않았나?! 파라샤!
표트르	파라샤?!
페테르	재난으로 태어난 순수한 영혼.
표트르	순수한 영혼?
페테르	그 영혼들이 움직이기 시작했어!
표트르	어떻게 같이 들어오는 거지?
팔꼬네	네? 아~. 그게. 그러니까….
파라샤	떠돌이 영혼들을 만났어요. 붉은 안개가 세상을 덮었 어요.
페테르	멈추고 싶다고 해도 멈출 수 없는 것들이 있어. 네바강의 분노, 포악한 전쟁, 혁명가들의 소용돌이. 네바강의 붉은 피가 새로운 영웅을 찾았어. 레닌그라드.
표트르	있을 수 없는 일이야.
페테르	혁명이 내 이름을 바꾸게 했어. 레닌그라드. 레닌그라 드…….

혁명의 소리. 전장의 소리 뒤섞여서. 임을 위한 행진곡처럼. 가슴 울리는. 전장의 굉음.

페테르가 나간다. 도시의 다른 곳. 격변하는 도시를 탐색하기 위해.

표트르가 파라샤를 바라본다.

표트르　　　이 영혼을 잡아.

팔꼬네는 뭔가 내키지 않는다. 하지만, 표트르의 명령은 지엄하다. 파라샤에게 주춤거리며 다가간다.

표트르　　　단단히 묶어.

팔꼬네　　　그렇게 까지 하실 필요는 없을 것 같은데요.

표트르　　　뭐야?! 지금 내 명령을 거부하는 건가?

팔꼬네　　　천만에요. 그게 아니라….

표트르　　　팔꼬네. (파라샤를 응시하며) 뭔가 깨끗하고 순수한 재료. 잊었나?

팔꼬네　　　순수한 재료.

웃음을 교환하는 두 사람. 팔꼬네의 웃음은 복잡하다.

파라샤가 미친 듯 웃는다.

파라샤　　　나는 그냥 내 육신을 찾고 있을 뿐이에요.

표트르　　　뭐? 육신을 찾아?!

팔꼬네　　　너 지금 뭐 하는 거야?!

파라샤　　　나는 그냥 나를 찾고 있을 뿐이에요. 떠돌이 영혼들도. 모두 육신을 찾아 헤매고 있어요. 당신 때문에.

표트르   황제의 영광에 도전하는 건가? 너 따위 우매한 영혼이.

표트르가 웃는다. 어이없는. 화난. 비장한.

파라샤가 웃는다. 어이없는. 미친. 분개하는.

파라샤   우매한 영혼? 황제의 영광?

팔꼬네   경고했지만, 다시 한번 말하지. 그만 포기해.

파라샤   떠도는 영혼들이 내게 말했어요. 사랑하는 사람과 작별 인사는 해야만 하는 거라고. 다들 그렇게 말했어요.

팔꼬네   불태워지고 싶어? (소리 지르며) 그만 포기해!

표트르   저 영혼을 잡아! 당장!

팔꼬네   네! (머뭇거리며)

표트르   뭐해!

팔꼬네가 그물을 준비한다. 명령은 지엄하다. 황제의 영광은 또한 나를 위한 것이다. 그러나 세상은 바뀌었다. 새로운 영웅이 세워질 것이다. 가여운 파라샤. 나는 누구의 편에 서야 하나?

파라샤는 더욱 간절히 원한다. 사랑을 위해. 육신을 찾기 위해. 떠돌이 영혼들이 말했다. 그들의 말을 믿는다. 아름다운 작별 인사를 위해.

파라샤   내 육신이 어디 있는지 아세요?

표트르   그걸 왜 내게 묻지?

파라샤   누군가에게 물어봐야만 했어요.

표트르   너의 육신 따위는 내 알 바가 아니야.

팔꼬네	묻지 말아야 할 것을 묻는 건 위험한 일이야.
파라샤	(표트르에게) 떠돌이 영혼들이 묻고 있어요. 혹시, 당신은 알고 있나요?
표트르	당장 이 영혼을 불태워!
팔꼬네	네!

팔꼬네가 파라샤에게 그물을 씌운다. 갈등하는 모습.
파라샤가 버둥거린다.

표트르	모닥불!
팔꼬네	그렇게까지.
표트르	뭐야?!
팔꼬네	그러지 않는 게 좋을 것 같아요.
표트르	숭고한 목적을 위한 희생은…!
팔꼬네	어쩔 수 없는 일이죠. 동의합니다.

팔꼬네가 재킷을 챙긴다. 모닥불 의식을 준비한다. 산재한 모닥불. 객석에 모닥불.

표트르	나, 표트르 대제의 모든 것에 영광을.
팔꼬네	영광을.
표트르	기적의 건설자가 황량한 늪에 다다랐다.
팔꼬네	다다랐다.
표트르	미래의 도시는 일어나 맞이하라.
팔꼬네	맞이하라.

표트르	시대의 영웅이 도시에 명령한다.
팔꼬네	명령한다.
표트르	너희는 무릎 꿇고 명령을 받아라.
팔꼬네	받아라.
파라샤	그만! 그만해요. 내 영혼이 전율을 일으키고 있어요. 제발! 나는 내 육신을 찾고 있을 뿐이에요. 제발 그만해요.
표트르	적들의 우매함을 짓밟아 잠재워라.
팔꼬네	잠재워라.
표트르	핏빛 숭고함으로 영광을 세워라.
팔꼬네	세워라!

파라샤가 버둥대다 쓰러진다. 불꽃이 점점 강렬해지듯. 불씨가 튀긴다. 정신
없이.

표트르	내 영광이 타오른다. 나의 영광이 타오르고 있어!

혁명의 소리. 축제의 소리. 무대 밖 어디선가.
불꽃이 서서히 사라지면 파라샤가 조명된다.
표트르와 팔꼬네가 돌아다니며 무대 밖. 도시 어딘가를 살핀다.
페테르가 들어와서 그들을 탐색한다. 조용한 붓질. 세밀하게. 멀찍이서.
파라샤가 그물을 벗겨내며. 부활한 듯. 파라샤의 그림자가 무대 뒤로 비친다.
조금씩 점점 크게.

파라샤	네바강 강변에 떠돌이 영혼들이 모였어요. 백야가 시작되었어요. 하얀 밤의 축제가 열리고, 네바강변에는 사람들

이 가득해요. 청년들의 이야기가 박자를 맞추고, 꼬마들의 웃는 소리가 리듬을 타고 있어요. 중년의 부부가 춤을 추고, 노인의 주름이 웃음으로 깊게 패었어요.

춤추는 음악. 작게. 크게. 빠르게. 느리게. 웃음소리.

파라샤　　밝은 빛이 밤하늘을 태우고, 좁은 길 구석까지 어둠의 기운을 몰아냈어요.

음악. 작게. 크게. 빠르게. 느리게. 왁자하게 떠드는 소리.

파라샤　　영혼들이 말해요. 하얀빛이 어둠을 몰아낸 것은 네바강이 잠들지 않은 탓이다. 영혼들이 두려울까 염려했기 때문이다. 누군가 길을 잃을까 염려했기 때문이다.

음악. 작게. 크게. 빠르게. 느리게. 웃음소리.

파라샤　　밤이 시작되지 않는 건 우리의 슬픔이 끝나지 않았기 때문이다. 숭고한 하늘이 두려워하기 때문이다.

음악. 작게. 크게. 빠르게. 느리게. 왁자하게 떠드는 소리.

파라샤　　백야의 반란처럼 우리는 이 도시의 주인이 될 것이다.
페테르　　일상을 지켜내는 저들이 진정한 영웅일지도 몰라.
표트르　　청동기사는 영원해. 영웅을 위해! 영원한 영광을 위해!

음악. 다시 축제를 준비하는 소리. 왁자지껄. 웃음소리. 아이소리. 바이올린 연주 소리.

표트르 홀로 모닥불 의식을 시작한다. 산재한 모닥불. 객석에 모닥불. 정신 없이.

파라샤가 말한다. 제자리에서. 앉아서, 서서, 돌아서서, 객석을 보며, 팔꼬네를 보며, 표트르를 보며, 빙글빙글 돌며, 웃음, 슬픔, 비장함, 따뜻함. 뒤죽박죽.

페테르의 붓질이 시작된다. 표트르의 자리에 앉아. 아주 섬세하게. 조심스럽게. 작지만 격하게. 금속에 붙은 녹을 벗겨내듯. 멀찍이서. 인물들 하나하나. 모닥불 하나하나. 세밀하게.

파라샤　　백야의 하얀 빛이 어둠을 몰아내고 있어요. 영혼들은 자신의 집을 찾지 못해 하얀 빛을 따라 네바강변에 모였어요.

표트르　　황제의 영광을 위해.

파라샤　　부서진 식탁과 찌그러진 냄비를 챙겨서 요리를 준비해요. 나이 든 한 영혼이 바이올린을 켜고, 젊은 영혼들은 춤을 춰요.

표트르　　영웅의 영광을 위해.

파라샤　　밤을 몰아낸 하얀 빛이 떠돌이 영혼들을 위로하고 있어요.

표트르　　국가를 위해.

산산조각 나는 소리. 북풍의 찬바람.

모든 동작이 멈춘다.

팔꼬네	태워지지 않아요. 하얀 밤의 영혼들은 저들만의 불꽃을 태워요. 꺼지지 않는.
페테르	북풍의 찬바람이 눈 폭풍을 몰고 왔어. 전쟁의 잔해들. 나 뒹구는 육신들. 아이 아빠가 한 시체의 살점을 도려내고 있어. 며칠을 굶었기 때문이지. 아빠가 도려낸 살점을 아이에게 먹여. 죽은 육신의 살점을. 나는 레닌그라드.
표트르	레닌그라드, 레닌그라드, 레닌그라드. 나의 영광은 사라지지 않아. 나는 이 도시에 머물러. 영원히!
파라샤	내 육신이 어디에 있는지 아세요?

차가운 북풍의 바람, 전장의 소리, 깨지는 물건들, 무너지는 건물들, 비명 소리가 어지럽게 무대를 가득 채운다. 모두가 어지럽게 요동치는 소리를 말없이 들으며 도시 어딘가를 살핀다. 서로 다른 어딘가.
소리에 맞춰 파라샤가 춤을 추기 시작한다.

소리가 점점 커지고, 서서히 조명이 사라진다.

#5장 영혼들의 축제

소리가 서서히 사라지면 조명이 밝아진다. 아무도 없다. 여기서부터는 모두가 서로를 보듬는, 이해하는 그런, 배려하는, 밝은, 따뜻한 그런 분위기로 바뀌어 있다. 이제 페테르는 팔꼬네와 파라샤에게도 보인다.

팔꼬네, 황제의 재킷을 들고 들어온다. 무척 밝은 모습이다. 황제의 재킷을 옷걸이에 걸어둔다. 소중하게. 모닥불을 살핀다. 산재해 있는 모닥불. 객석의 모닥불.

표트르가 들어온다. 무척 밝은 모습이다.

표트르　　준비됐나?
팔꼬네　　네. 그럼요.

모닥불 의식을 시작한다. 황제의 재킷. 성스러운 의식을 치르듯. 산재해 있는 모닥불. 객석의 모닥불. 느리게. 말없이. 때로는 서로 웃음을 교환하며. 지친 그들이 의식을 멈춘다.

팔꼬네　　그대로예요. 늘 그렇듯이. 꺼질 듯. 꺼질 듯.
표트르　　꺼지지 않아. 어느 순간 되살아나는 기억처럼.
팔꼬네　　영웅에게 영광은 영원하니까요.
표트르　　내가 죽은 지 얼마나 됐지?
팔꼬네　　달력이 없어요. 아시잖아요. 이곳 시간은 뒤죽박죽이에요.

파라샤가 들어온다.

파라샤	백야가 시작됐어요!
표트르	엄청난 일이 또 시작됐군.
팔꼬네	너의 육신은 찾았나?
파라샤	아니요. 아저씨는?
팔꼬네	보시다시피.
표트르	모닥불은 꺼지지 않아.

페테르 들어온다. 부드러운 붓놀림. 모닥불 하나하나. 산재한 모닥불. 객석에 모닥불.

페테르	가여운 영혼들이 모두 모였어.
표트르	가여운 영혼들?
팔꼬네	누구를 말하는 거지?
파라샤	떠돌이 영혼들을 말하는 것 같은데요.
페테르	아니. 당신들 모두. 가여운 사람들.
팔꼬네	우리가 가엽다고?
표트르	말도 안 되는 소리.

떠돌이 영혼들이 네바강변에 모여드는 소리. 아이들 소리, 악기 소리, 이야기 나누는 소리, 웃는 소리, 축제를 준비하는 소리.
파라샤가 하나의 모닥불 앞에서 의식을 시작한다.

표트르	뭘 하려는 거지?
팔꼬네	그건 너의 모닥불이 아니야.
파라샤	떠돌이 영혼들의 소리가 들려요.

팔꼬네	영광을 칭송하는 소리야.
표트르	나의 영광을 위해서겠지.
팔꼬네	영광을 나눌 수 있는 건 영광 아래에 함께하기 때문이지.
파라샤	일상에서 희망을 나누는 건 영광이 아닌가요?
페테르	일상을 살아내는 당신에게 영광을.
표트르	나는 영광 그 자체야.
팔꼬네	나는 영광 그 아래에 있어.
페테르	모두가 영광을 말해. 멈추고 싶다고 해도 멈출 수 없는 게 있어.

음악. 분위기가 바뀐다. 바이올린을 연주하는 소리 도드라지게 들린다.
파라샤가 모닥불 의식을 멈춘다.

파라샤	떠돌이 영혼들이 백야의 축제를 시작해요.
팔꼬네	영광을 위한 축제야. 황제의 영광을 위해.
표트르	국가의 번영을 위해. 나의 영광을 위해.
파라샤	떠돌이 영혼들을 위해.
페테르	가여운 영혼들을 위해.

음악. 분위기가 바뀐다. 모두 함께 어우러지는 축제의 소리다.
각자 하나의 모닥불 앞에서 의식을 시작한다. 제자리를 돌며. 각자 서로 다른 몸짓. 천천히. 한 바퀴. 두 바퀴. 세 바퀴. 몸짓은 춤으로 바뀐다. 때로는 서로를 보며. 춤을 추며. 멈추지 않는 춤. 웃는다. 크게 웃는다. 더 크게 웃는다. 축제의 소리와 웃음소리가 무대를 가득 채운다.

- 막 -

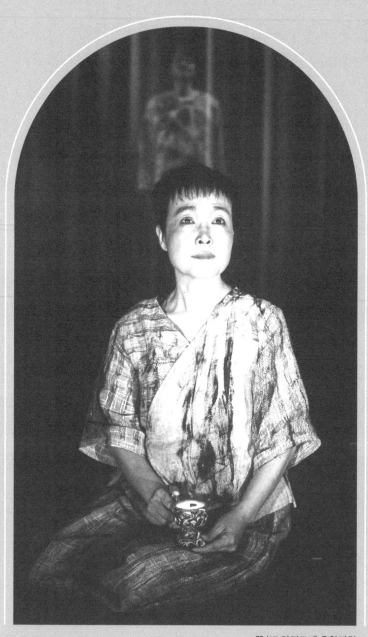

꿈 '17 안티고네 ⓒ함지원

꿈 '17 안티고네

공연 약력

2017.6.14.(수)~6.18.(일) 공간소극장
2017.6.20.(화)~6.21.(수) 핫도그소극장(대전)
2017.6.23.(금)~6.24.(토) 씨어터연바람(광주)
2017.7.14.(금)~7.15.(토) 아하아트홀(전주)
2017.7.18.(화)소극장공터다(구미)

등장인물

안티고네
이스메네
폴리네이케스
크레온

무대

무대는 대략 폭 1미터 정도 되는 10개의 장막이 무대 좌우에 각 5개가 있다. 천장에서 내려와 있으며 장막 뒤로 움직이는 배우들의 모습은 보이게 한다. 장막은 무대 바닥에서 60cm~1m 정도(정확하지는 않지만) 떨어져 있다. 무대 뒤편에는 여러 개의 장막이 마치 하나인 것처럼 바닥까지 내려와 있지만 뒷배경 막을 통과해 등, 퇴장하거나 그 뒤에서 연기할 수 있다. 이것은 바닥에서 기거나 하며 움직이는 배우의 모습을 더 잘 보이게 하기 위한 것이다. 그리고 4개의 비석이 무대 앞과 뒤 좌우에 각 한 개씩 설치되어 있으며 이 4개의 비석을 뒤로 돌리면 앉아 있을 수 있는 의자로 변한다. 무대 가운데는 여러 개의 비석이 무덤처럼 쌓여 있는 느낌이며 그 위에 배우가 올라가 앉을 수 있다. 무대 뒤쪽 가운데는 블록을 쌓을 수 있는 어느 정도 높이(약 40cm)의 단이 있다. 무대 바닥에는 작은 크기의 비석들이 블록처럼 바닥 전체에 깔려있다.

배우의 연기

배우들은 각자가 맡은 캐릭터를 사실적으로 드러내는 드라마 구조를 완전히 벗어나야 한다. 주어진 대사들이 있으므로 결국에는 자연스럽게 드라마 구조는 드러나게 되어 있다. 아니, '드라마 구조는 없다'라고 생각하라. 그러므로 최대한 드라마 구조에서의 성격을 표현하는 양식을 자제해야 한다.

배우의 모든 대사는 누군가에게 전달하거나 대화하지 않는다. 자신의 진정성을 스스로에게 말하고 있을 뿐이다. 대화할 수 없는 나무, 풀, 죽은 이의 옷가지, 바닥에 묻어있는 피, 하늘의 구름 등등. 생명이 없는 무엇을 보며 느낌을 갖고 자신에게 이야기하라. 자신의 아픔을 오롯이 이미지화한다는 것이다. 마치 한 폭의 그림 속에 배우가 존재하는 것처럼. 이미지 즉 그림은 누구나 볼 수 있으며 누구나 자신의 감상을 가질 수 있다.

배우들 각자의 느낌과 감정들을 대사가 가진 의미와 상황에 따라 움직임과 함께 표현한다. 주의할 점은 행위를 통해 대사나 상황을 설명하는 것이 되어서는 안 된다. 어떤 움직임을 통해서 자신의 감정을 드러내야 한다. 고양이, 돼지, 개, 소, 나비 등 동물이나 곤충의 움직임일 수도 있겠으며 할아버지, 할머니, 어린아이, 포수, 군인 등의 움직임일 수도 있다. 때로는 풀, 나무, 보릿대, 꽃잎, 등의 이미지일 수도 있다. 움직임에 있어서 만큼은 내가 아닌 무엇인가가 되어 표현한다면 이미지가 더 쉽게 완성될 것이다.

조명, 음향

조명과 음향 또한 느낌과 감정에 따라 여러 기술과 방식으로 표현한다. 조명과 음향의 느낌 표현은 기존의 드라마적 설명이 아니라 또 다른 하나의 이미지를 창조한다.

조명은 좌우 옆에서, 바닥에서, 장막 위에서, 무대 뒤에서 비추는 부분조명을 위주로 설치한다. 전체 백색 조명은 사용하지 않는다. 어차피 장막으로 인해 전체 조명은 의미가 없다.

음향은 배우의 대사를 녹음해서 섞기도 하고 여러 가지 바람 소리, 자동차 소리, 총 소리, 비행기 소리, 컴퓨터 자판 소리 등 일상에서의 소리를 통해 느낌을 표현하면 좋겠다. 감정을 증폭시키기 위한 설명적 음악이 아니면 좋겠다. 물론 모든 장면을 그렇게 해야 한다는 것은 아니다.

영상

영상은 조명과 어우러지면서 간헐적으로 장면의 시작과 시간의 흐름을 알려준다. 이것은 각각의 막에서 보이는 장소와 상황의 특징적 그림으로 미세한 움직임으로 존재한다. 무대 한 벽면을 비추는 영상이 아니라 무대 전체를 가득 채운다. 무대 위의 배우들도 영상과 겹쳐 존재한다. 또한 현시점에서의 한국 사회의 상황을 겹쳐서 오버랩하여 보여준다. 장면 전환의 역할을 하기도 한다.

작품 이미지

전체적으로 작품은 배우의 움직임, 음향 효과, 조명 효과, 영상 등을 통하여 이미지를 만들어내고 이 이미지는 관객들이 공연의 한 장면을 보고 있다는 것을 인식하게 만든다. 이러한 효과를 통해서 관객들은 스스로 상상과 사유 할 수 있는 시간을 갖게 될 것이다. 그것은 곧 여행을 떠나 어떤 평온한 자연환경 속에서 사색하듯 이미지를 통해 사유할 수 있는 시간이 될 것이다. 관객은 작품을 보고 사유하게 되며, 그 사유를 통해서 느낀다. 아무 것도 줄려고 하지 마라.

설명, 아니 말하려고 하지 마라!
느낌을 설명하려고 어떤 행위나 말을 한다면 그것은 바보 같은 짓이다. 어떤 행위나 말로 설명하려고 하는 순간 그것은 느낌이 아니다. 그것은 그저 나의 설명이다. 무엇을 하는 순간 우리는 그림을 보여줄 수 없다. 그것은 이미 그림이 아니게 되므로!

아름다운 그림 속에 존재하는 것만으로도 충분하다.

한 가지 더 주의할 점은 그림 속 인물로 존재하게 하는 데 있어서 빠른 말과 행동은 방해 요소가 될 수 있다. 느리게 하라! 아주 느리게!

당신은 꿈을 꾸고 있는지도 모른다. 어떤 장면은 선명하게 보일 것이며 어떤 장면은 흐릿하게 가려져 있을 뿐이다. 당신이 꿈에서 깨어날 수는 없지만 꿈속에서 당신이 그리는 아름다운 정원을 만날 수 있을 것이다.

#1장

관객이 입장하면 까마귀 소리 지나가고 꿈을 꾸듯 음악이 흐른다.

영상으로 비치는 아름다운 저녁노을.

천천히, 아주 천천히 조명이 어두워진다.

꽃잎이 무대 가득 휘날리면 배우들이 천천히 걸어 들어와 각자의 모양으로 자리한다.

서서히 꽃잎이 사라진다.

배우들 비석 무덤 주변에 서 있다.

모두	어느 날. 우리는 같은 날 같은 시간에 있었습니다.
폴	꿈을 꾸고 있었어.
이	꿈이 아닌지도 몰라.
크	그건 꿈이야.
안	그건 현실이야.

사이, 모두 장막 뒤로 천천히 움직인다.

조명이 꿈틀거리듯 서서히 변한다.

무대 중앙에 있는 작은 비석을 하나씩 힘들여 자신의 자리로 옮겨 놓으며

이	잠깐… 보이지 않아… 하얗게 핀 솜다리 꽃….
폴	숭고한 사랑… 알프스의 별… 에델바이스….

안	암울한 도시의 불빛… 그것은 숭고한 별….
크	솜다리 꽃들의 하얀 피… 광장은 알프스의 별들이 위로하
	고 있었다.

음악 소리 바뀐다.
조명이 꿈틀거리듯 서서히 변한다.
장막 주변을 돌며

이	돌아갈 수 있을까?
폴	어디로 간다는 말이지?
안	숭고한 도시. 진실한 꿈.
크	그건 몽상이야… 왜 몽상을 찾으려 하지?

조명이 꿈틀거리듯 서서히 변한다.
(사이)

이	진실한 꿈은 존재할까?
안	저들의 말에 귀 기울여.
폴	나는 도저히 찾을 수 없었고.
크	누구도 절대 찾을 수 없었다.

조명이 꿈틀거리듯 서서히 변한다.
장막 뒤로 몸을 숨기며

이	별들은….

안	하얀 피….
이	울부짖는 저들의 소리
안	울부짖는 도시의 소리

기괴한 소리 (아우성)

조명이 꿈틀거리듯 서서히 변한다.

#2장

기괴한 소리 사라지고 부드러운 음악 (별)

조명이 꿈틀거리듯 서서히 변한다.

꽃잎이 무대 가득 날린다.

조명이 꿈틀거리듯 서서히 변한다.

영상 사라지면, 배우들이 천천히 움직이기 시작한다.

안	아~~
	널브러진 오빠의 시체 앞에서
	하얀 숨소리를 느낀다.
	나는….
	(사이)
	폴리네이케스!

(사이)

솜다리 하얀 꽃

광야를 뒤덮은 오빠의 아우성.

조명이 꿈틀거리듯 서서히 변한다.

(사이)

폴 나의 꿈은 하찮은 몽상이 되어 광장에 버려졌어. 진실한 나의 소리는 저들의 탄압에 피울음이 되었어. (사이) 어째서?

안 지워진 꿈. 버려진 시체. 하얀 피. (사이) 내 육신 또한 솜다리 하얀 꽃이 될 것이다.

조명이 꿈틀거리듯 서서히 변한다.

폴 안티고네. 나는 권력의 올가미에 붙잡힌 죄인이 되어 죽임을 당했어. 법이란 이름을 가장한 저들의 올가미. 더 많은 생명이 그렇게 사라졌지. (사이) 수많은 생명을 앗아간 권력의 올가미. 누가 그것을 한 국가의 법이라 할 수 있지?

안티고네, 비석 무덤 앞에 쓰러진다.

음악 소리 바뀐다. (누가 정의를)

조명이 꿈틀거리듯 서서히 변한다.

이스메네, 안티고네에게로 천천히 이동하며

이   벗어날 수 없는 올가미. 저들의 법을 이길 수 없어.

안   저들의 법. 법은 누가 만든 거지? 법은 누구를 위한 거지?
           난, 이 부드러운 흙으로 오빠의 무덤을 만들 생각이야.

조명이 꿈틀거리듯 서서히 변한다.
(사이)

크   하늘의 정의가 바로 법이며, 법은 바로 국가다.

폴   법은 국가를 위해 존재하는가? 아니면, 시민을 위해 존재
           하는가? 광야에 버려진 나의 육신은 국가의 것인가? 아니
           면, 꿈을 빼앗겨 떠도는 내 영혼의 것인가?

조금의 움직임도 없는 배우들
음악소리 바뀐다. (장례1)
조명이 꿈틀거리듯 서서히 변한다.

안   오빠의 영혼이 떠돌고 있어. 꿈을 빼앗긴 도시의 광장. 그
           곳에서 나는 한 맺힌 영혼들을 볼 수 있어.

이   꿈을 빼앗을 수는 없어. 가끔 난 내 꿈을 보았다고 생각하
           는데 보이지가 않아. 하지만 그건 꿈을 빼앗겨서가 아니
           라 잠시 기억나지 않는 거야.

안   죽음을 맞이한 숭고한 사랑. 하얀 꽃들을 기억해.

이   하얀 꽃. 난 밤하늘의 별들이 그들을 위로하던 날을 기억해.

크	기억할 것은 저들의 폭동. 국가를 위태롭게 하는 무장한 폭도들. 저들의 몽상.
폴	폭동. 폭도. 몽상. 그것들로 덧씌워진 나의 꿈이 한 맺힌 소리를 내고 있어. 내 육신이 소리를 내고 있어. 들려?

음악소리 바뀐다. (장례2)
조명이 꿈틀거리듯 서서히 변한다.
조금의 움직임도 없는 배우들
서서히 움직이며

안	먹구름이 하늘을 삼키면 비를 맞이할 준비를 해. 언제나.
이	힘겨운 이 삶을 살아내려면. 언제나.
폴	왜 살아내려 애쓰지? 그건 내가 사는 건가, 누군가에 의해 살게 되는 건가? 무엇이 우리를 살게 하지? 총소리가 들려.
이	총소리. 무자비한 굉음. 달아났어. 내 꿈들. 다시 꿈을 꾸고 싶은데 그럴 수가 없어.
안	이스메네. 들어봐. 오빠의 소리. 광장에 버려진 하얀 꽃들의 아우성.

이스메네와 안티고네가 서로를 바라본다.

안	무자비한 저들의 굉음보다 더 큰 소리. 하얀 피의 소리. 그 소리를 들어봐.
크	소리를 들어. 법의 소리. 국가의 소리. 그 소리가 곧 정의다.

| 폴 | 누가 내 눈알을 뽑았지? 보이지가 않아. 도대체 뭐가 정의란 말이지? 뭐가 정의로운 법이란 말이지? 보이지가 않아! |

음악이 바뀐다. (불타는 소리)
조명이 꿈틀거리듯 서서히 변한다.
배우들 정지했다가 다시 천천히 움직이기 시작한다.
음악이 바뀐다. (정의라는 이름으로)
조명이 꿈틀거리듯 서서히 변한다.

안	광장에 버려진 하얀 꽃들. 부드러운 흙의 위로를 기다리는 광장. 함께 가자!
이	저들이 내는 굉음이 무서워서가 아니라. 난… 언니마저 저들이 만든 법의 올가미에 죽게 될 것이 두려워.
안	저들의 법? 그건 시민들을 위한 것이 아니야. 법의 정의는 어디에 있지? 저들의 권력? 국가? 우리의 광장?

기괴한 소리 (가문의 저주)
음악이 바뀐다. (정의라는 이름으로)
기괴한 소리와 음악 (정의라는 이름으로) 소리가 뒤섞인다.
조명이 꿈틀거리듯 서서히 변한다.

이스메네, 놀라서 바닥에 앉는다. 안티고네 이스메네와 같이 앉는다.
폴, 비석 무덤 위에 앉아서 안티고네와 이스메네를 보며 이야기한다.
안티고네, 이스메네, 폴리네이케스, 크레온은 앞에서부터 일직선으로 위치하며 서로 다른 높이를 가진다.

음악 소리가 바뀌어 흐른다. (정의라는 이름으로)
조명이 꿈틀거리듯 서서히 변한다.
배우들, 역할에서 벗어나 코러스가 된다.

크(코)　　국가를 위한 모든 것들은 정의 앞에 희생을 요구하지.
안(코)　　도시가 요구받은 희생은 아름다운 것인가? 아니면 버림
　　　　　　받은 것인가?
이(코)　　세상으로부터 버려진 도시. 저들을 위로할 수 있을까?
폴(코)　　하얀 꽃들이 위로받는 날. 그날은 올까? 진정으로 우리는
　　　　　　위로받을 수 있을까?

기괴한 소리 (권력자)
조명이 꿈틀거리듯 서서히 변한다.

음악 소리 바뀌며 낮게 깔린다. (크레온의 태양)
밤하늘 별이 무대 가득하다.
조명이 꿈틀거리듯 서서히 변한다.
별이 가득한 무대에서 배우들이 천천히 움직이기 시작한다. 아주 천천히 별
이 사라지며
조명이 꿈틀거리듯 서서히 변한다.

#3장

크레온, 계속 안티고네를 보지 않는다.

객석을 등지고 앉아 계속 비석 쌓기만 하며

이	누구의 꿈이지? 흐릿한 꿈들이 안개처럼 보여.
안	꿈이라고 생각해? 안개 뒤편에 보이는 건 현실이야.

조명이 꿈틀거리듯 서서히 변한다.

크	불이다. 국왕인 나 크레온의 피다. 세상을 밝힐 불이다. 피를 불태워 정의를 세우는 것. 그것이 국가의 법이다.
안	국가의 법? 당신의 피? 우리가 손에 든 불은 뭐지? 우리의 광장에 뿌려진 피는 도대체 뭐지?
크	국가를 기만하는 자들의 불. 국가를 위태롭게 하는 저들의 피를 심판 할 것이다. 국가의 정의 앞에서.
안	국가의 정의? 심판? 우리의 광장을 누가 심판할 수 있지?

아우성.

조명이 꿈틀거리듯 서서히 변한다.

아우성이 음악 소리로 바뀌어 낮게 깔린다. (해방은 사라졌어)

조명이 꿈틀거리듯 또 한 번 서서히 변한다.

안	버림받은 도시에 어떤 심판을 한다는 거지? 국민의 죽음

앞에서 국가가 가진 정의는 뭐지?

크   국가의 평화가 곧 정의다. 나 크레온은 국왕의 권위로 계
        엄령을 선포했다. 저들이 무장한 것은 국가의 평화를 위
        협하는 것이며….

안티고네, 서서 크레온을 보고 있다.
이스메네, 안티고네에게로 이동한다.

안   국가의 평화?! 누군가를 죽음에 이르게 하는 것이 평화인
        가? 저들의 피가 평화롭게 보이는가?

크   국가의 평화를 위해 광장의 피를 애도할 수는 없는 일이
        야. 국가는 평화를 위해 정의로운 심판을 계속해야만 해.

이   피를 불태우는 정의. 조심해. 뜨겁게 달구어진 계엄령의
        공포가 도시를 삼켰고 우리 또한 삼키려 하고 있어.

안   허상의 불이야. 공포의 도가니 속에 갇혀 두려움에 떠는
        사람들. 그들에게만 보이는 신기루. 차가운 욕망덩어리.

이스메네, 이동하며 폴리네이케스를 본다.
안티고네, 이동하며 폴리네이케스를 본다.

이   오빠를 봐. 저 욕망덩어리가 우리를 삼켜버릴지도 몰라.
        제발.

안   맞아. 욕망덩어리가 오빠를 삼켰어. 그리고 다시 저들의
        목구멍에서 토해진 채 광장에 버려졌지. 오빠는 하늘과
        땅의 경계에서 아직도 헤매고 있어.

음악소리가 바뀐다. (갈등의 소리2)

조명이 꿈틀거리듯 서서히 변한다.

배우들, 멈췄다가 천천히 움직이기 시작하며

크   아프다는 건 살아있다는 증거야. 아픔을 느끼지 못한다는
            건 죽음을 의미해. 아픔을 받아들여.

안티고네, 이스메네, 아주 천천히 이동하며

안   아픔은 받아들여야 할 것이 아니야. 아픔은 치유 받아야
            할 것이지.

이   치유… 치유 받지 못한다는 건 어쩌면 살아있는 게 아닌
            지도 모르겠네요.

크   치유… 국가를 위한 희생만이 치유 받을 수 있어. 삶의 아
            픔은 누구나 겪는 일이지. 네가 말하는 치유는 교회나 성
            당 아니면 절간을 찾아가야 할 일이야.

안   도대체 당신의 존재는 뭐지? 국가를 핑계로 희생의 제물
            을 탐욕스럽게 핥고 있는 당신. 사람의 죽음에도 눈물 흘
            리지 않는 당신. 당신은 도대체 뭐지?

크레온, 천천히 안티고네를 보며

크   희생의 제물을 탐욕스럽게 핥아? 그래… 또 다른 희생의
            제물이 되고 싶어 안달이 났구나.

이   안티고네는 사람이 흘리는 눈물의 의미를 말하고 있을 뿐

이에요!

크레온, 다시 비석에 시선을 고정한 채

크   눈물의 의미? 정의와 질서를 어지럽힌다면 그 눈물 또한
           법의 심판을 받을 것이다.

이   눈물을 심판한다니. 눈물을 보듬지 않는다면 국가가 무슨
           의미가 있죠?

크레온, 이스메네와 안티고네를 본다.
폴리네이케스, 천천히 이동한다.

크   의미? 국가가 곧 의미다. 국가가 곧 법이다.

안   아니! 당신이 바로 국가이고 의미이며 법이겠지.

음악 소리가 바뀐다. (질문)
조명이 꿈틀거리듯 서서히 변한다.

배우들 천천히 움직이며 시선을 객석에 고정한다.
배우들 모두 일직선상에 위치한다.
배우들, 역할에서 빠져나와 코러스가 된다.
음악소리 흐르다 갑자기 사라진다.

이(코)   꿈의 정령이 세상을 잠들게 했어. 명확하지가 않아.

안(코)   뭐가 명확하지 않다는 거지? 스스로를 봐.

폴(코)   스스로를 볼 수 있다면 모두가 명확한 거지.

크(코)   명확한 것은 없어. 우린 꿈을 꾸고 있으니까.

음악소리 교체되어 낮게 깔린다. (꽃잎)

조명이 꿈틀거리듯 서서히 변한다.

무대 가득 꽃잎이 날린다.

#4장

밤하늘 별이 무대 가득하다.

배우들 천천히 움직이기 시작한다.

밤하늘 별이 아주 천천히 사라진다.

조명이 꿈틀거리듯 서서히 변한다.

안티고네, 가운데 비석 무덤 위에 앉아있다.

폴리네이케스, 무대 상수 위쪽에

이스메네, 무대 하수 위쪽에

크레온, 무대에 없다.

폴리네이케스, 천천히 움직이다가 문득

폴　분명 잠에서 깨어났는데 일어날 수가 없어. 허공에 떠 있어. 다른 영혼들이 말해. 참 세상! 자유! 동지들의 따뜻한 손길….

이스메네, 천천히 움직이다가 문득

이　아무것도 아닌 누군가의 뜨거운 죽음. 그 죽음보다 혹독한 세상의 침묵. 삶! 행복! 평화! 그리운 가족의 손길….

음악 소리가 바뀐다. (봄 없는 봄)
조명이 꿈틀거리듯 서서히 변한다.

안　솜다리꽃들이 피었어.
높은 절벽에 붙어서.
하얗게.
내가 물었어.
누구를 그렇게 기다리니?
솜다리 꽃들이 대답해.
하얀 꽃들로 가득 찬 순간을 기다려요.

기다리다 기다리다.
솜다리꽃들이 하얀 피를 흘려.
광장의 언저리에 풀썩.

꿈에

꽃들이 살아서 돌아와.

날 깨워.

이제 일어나라고 말해.

이제 일어나라고 말해.

조명이 꿈틀거리듯 서서히 변한다.

이스메네, 천천히 움직임을 계속하며

이   푸른 이파리

따스한 손 맞잡고

짙은 숨소리를 뱉어내는

우리는

생명의 움직임

내가 만난 건

힘차게 꼭 쥐었던 손길

이름 모를 푸른 이파리

피어나고 또 피어나는….

음악 소리가 이상한 소리로 교체된다. (이상한 소리)

조명이 꿈틀거리듯 서서히 변한다.

크레온, 무대 뒤편에 있는 장막 뒤에서 나타난다.

폴리네이케스, 움직이기 시작.

크	총성으로 물들어야만 이어질 역사. 다시 한번 칼을 들어 국가의 정의를 세울 것이다.
폴	눈을 파고든 칼날. 귀를 뚫고 지나간 총탄. 육신의 뼈를 박살 낸 몽둥이. 칼날과 총탄과 몽둥이의 탐욕이 만들어 낸 육신의 고통, 육신의 눈물.
크	국가의 명령이다. 혁명가들이 만든 몽상의 깃발. 깃발의 도시를 점령하라. 저들의 깃발이 사라진 내일, 화려한 휴가를 맞이할 것이다!

음악 소리 교체되어 소리 작아진다. (계엄령)
조명이 꿈틀거리듯 서서히 변한다.
배우들 멈추었다가 움직인다.
폴리네이케스, 천천히 움직이고 있다.

안	도시에 돌아온 날 밤 당신들의 백골이 찾아와 내 앞에 섰다.

하얀 피로 물든 광장은
꽃의 소리를 따라 울고 있다.

조명이 꿈틀거리듯 서서히 변한다.
이스메네, 아주 느린 움직임으로 폴리네이케스 뒤에 위치한다.

이	역사를 돌아 제자리 당신들의 넋이 따라와 내 앞에 섰다.

깃발을 흔들던 지난 광장은
촛불의 선함으로 다시 모였다.

이스메네, 폴리네이케스의 손을 잡고 앉는다.

안　　　　　당신들의 백골이 찾아와 내 앞에 선 이유를 난 알고 있어.

음악 소리 교체되고 작게 깔린다. (질문2)
조명이 꿈틀거리듯 서서히 변한다.

배우들, 역할에서 빠져나와 모두 코러스가 된다.
배우들 멈추었다. 천천히 움직임을 계속한다.
배우들 객석을 바라보며 앞에서부터 일직선에 위치하면
서로 다른 높이의 배우들
음악소리 흐르다 갑자기 사라진다.

폴(코)　　　난 매일 똑같은 꿈을 꾸고 있어. 왜지?

이(코)　　　우리 모두 비슷한 꿈을 꾸고 있어. 말하지 않을 뿐이지.

안(코)　　　꿈을 꾸는 것은 내가 꾸는 것인가? 지난밤 백골들이 꾸는
　　　　　　　것인가? 아니면 당신의 눈물이 꾸는 것인가?

크(코)　　　눈물의 역사가 꿈을 꾸게 만들었나? 꿈의 시계가 제자리
　　　　　　　를 맴돌고 있는가?

음악 소리 교체된 후 작게 깔린다. (태양이 이글대는)
무대 전체 가득히 태양이 이글거린다.

#5장

이글거리는 태양 사이로 천천히 걸어 들어와서 자신의 자리에 위치하는 배우들.

조명이 꿈틀거리듯 서서히 변한다.

폴리네이케스, 크레온 두 사람만 있다.

크레온, 비석 무덤을 돌아 객석을 등지고 선다.

음악소리 천천히 바뀐다. (상처의 기억)

조명이 꿈틀거리듯 서서히 변한다. (그림자)

이글거리는 태양이 사라지면

크	깃발의 노래를 찢어라. 광장의 아우성을 삼켜라. 저들의 합창을 흩어라. 칼을 들어 피의 불을 태워라. 이것이 곧 몽상의 꿈을 꾸는 자들에 대한 정의다.
폴	나의 꿈은 찢기고. 푸른 아우성은 먹혀버렸어. 우리의 합창은 들리지 않아. 어째서 나의 꿈이 헛된 몽상인가? 어째서 푸른 아우성은 미래가 될 수 없지? 어째서 우리의 합창은 사라졌지?

기괴한 소리. 그리고 천둥소리.

조명이 꿈틀거리듯 서서히 변한다.

이윽고 무대 어두워진다.

이상한 소리 나타난다. (5.18 고통의 소리)

조명이 꿈틀거리듯 서서히 변한다.

5.18혁명의 현장이 무대 가득 비친다.

이상한 소리가 음악소리로 바뀐다. (그날들1)

음악 소리 작게 깔린다.

배우들, 모두 인물에서 빠져나와 코러스가 된다.

이스메네, 비석 무덤에 앉아 있다.

이스메네, 5.18 당시 전남대병원 간호사가 되어

이(코)   계엄령이 내려져서 총탄이 왔다 갔다 하는데….

간호사들에게 전화해서 나는 여러분들의 생명을 책임질
수 없다.

그 대신 병원으로 올 거면 유니폼을 입고 와라 그랬는데

선생님. 알았습니다.

그리고 다 온 것을 보니까.

우리 간호사들은 아직도 배운 대로 살아있구나….

신원확인을 할 수가 없었어요.

남광주에서 발견된 여성은 남광녀,

아무것도 알 수 없는 사람은 무명남, 무명녀

이런 식으로 이름을 붙이고 구분하곤 했습니다.

모두가 한마음이었습니다.

단 한 생명이라도 더 구하고 싶었습니다.

그것은 인간으로서의 당연한 행동이었습니다.

당연히 해야 될 일이었고
우리 밖에는 없었습니다.

음악 소리 계속된다. (그날들 1)
조명이 꿈틀거리듯 서서히 변한다.

안(코)　　전국이 계엄령의 공포에 휩싸인 날
　　　　　우리는 그날을 기억한다.

　　　　　푸른 아우성에 시민들이 손 내밀던 날
　　　　　우리는 그날을 기억한다.

　　　　　한 도시가 고립되고
　　　　　총성이 피울음을 부르던 날들

　　　　　우리는 그날들을 기억한다.
　　　　　한 도시가 버림받은 그날들을 기억한다.

5.18혁명의 현장이 서서히 사라진다.
음악 소리 교체된다. (그날들 2)
조명이 꿈틀거리듯 서서히 변한다.
폴리네이케스, 들어와서 선다.
크레온, 들어와서 선다.

폴(코)　　공수부대가 투입됐어.

크(코)	속옷만 입은 채 구타당하는 걸 봤어.
폴(코)	시민들을 향한 발포.
크(코)	시체들이 실려 가 버려지는 걸 봤어.
폴(코)	장갑차가 밀려와.
크(코)	소년의 머리에 총탄이 관통했어.
폴(코)	조심해.

크레온, 폴리네이케스 옆으로 간다.

폴(코)	도청이 포위됐어. 곧 공격이 시작될 거야.
크(코)	여기 있다간 개죽음이야.
폴(코)	지켜야만 해. 우리의 봄이 오고 있어. 계엄령을 해제하라.
	유신잔당은 퇴진하라.
크(코)	여자와 아이들은 집으로 보내야 해.

크레온, 느린 동작으로 퇴장한다.

폴(코)	계엄군이 쳐들어오고 있습니다. 시민 여러분.

음악 소리 교체된다. (죽음의 신)
조명이 꿈틀거리듯 서서히 변한다.

배우들 천천히 움직인다.
조명이 꿈틀거리듯 서서히 변한다. (이스메네)
이스메네, 비석 무덤에서 내려와 선다.

이	피로 불태워진 도시.
	꿈의 전령마저 숨어버린 도시.
	푸른 영혼들의 하얀 피가
	광장을 물들이고 있다.

음악 소리 교체된다. (추모)
조명이 꿈틀거리듯 서서히 변한다.

폴	광장을 점령한 군인들.
	총성. 탱크 소리. 군화가 광장을 짓밟는 소리.
	주검의 비명이 만들어낸 절규의 몸짓.
안	지금은 사라진 몸짓. 지금은 사라진 소리.
	그 몸짓과 그 소리가 내 꿈에 나타나.
이	우리들의 꿈에 나타나.
	저들이 말해. 우리의 이름은 폭도가 아니야.
	우리의 이름을 찾고 싶어.

음악 소리 교체된다. (국가)
조명이 꿈틀거리듯 서서히 변한다.
배우들의 모든 동작이 멈춘다.
천천히 움직이기 시작한다.
크레온, 장막 뒤로 나타난다.

크	너희의 꿈은 반복되는 슬픔.
	너희의 꿈은 허망한 몽상.

국가는 슬픔도 몽상도 아니야.

국가는 희생 위에 선 현실이야.

너희들 이름은 폭도.

국가를 위한 제물이 될 것이다.

음악 소리 교체된다. (아침은 늘 열린다)

조명이 꿈틀거리듯 서서히 변한다.

배우들 모두 역할에서 빠져나와 코러스가 된다.

음악 소리 갑자기 사라진다.

안	내 꿈의 끝자락에 서 있는 당신.
이	내 꿈의 언저리에 서성이고 있는 당신.
폴	숭고한 당신을 초대한다.
크	푸른 당신들의 꿈.
이	솜다리 하얀 꽃들의 꿈.
안	피로 물든 광장의 꿈.
모두	우리는 숭고한 저들의 꿈을 사랑한다.

음악 소리 교체되어 낮게 깔린다. (침몰한 배)

조명이 꿈틀거리듯 서서히 변한다.

무대 가득 밤하늘 별.

#6장

밤하늘 별이 무대 가득.

아주 느릿한 배우들의 움직임.

밤하늘 별이 사라지면

음악 소리 교체되어 낮게 깔린다. (별이 가득한 밤)

조명이 꿈틀거리듯 서서히 변한다.

안티고네, 촛불을 들고 무덤 앞에 앉아있다.

폴리네이케스, 이스메네, 크레온, 장막 뒤 어딘가 제각각 있다.

안티고네와 이스메네가 대화를 나누는 사이에 폴리네이케스와 크레온이 각자의 독백을 한다.

안	예쁘다.
이	뭐가?
안	숨 쉬는 세상.
폴	세상에서 숨 쉴 수 있다는 건… 그래. 예쁘다.
이	숨 쉰다는 게 때로는 부질없다는 생각이 들기도 해.
안	숨을 쉬어야 세상이 있는 거지. 그래야… 싸울 수도 있고.
이	누구와?
폴	저들. 아니 저들만의 정의. 저들만의 법.
크	국가의 평화가 유지될 때 우리가 숨을 쉬면서 살 수 있는 거야.
폴	어떤 생명은 숨을 쉬어선 안 되는 것인가? 생명의 존귀함

을 짓밟는 자.

안   국민의 생명을 하찮게 여기는 크레온. 아니 그의 권력.

이   권력이 바뀐다고 싸움이 사라질까?

폴   싸움… 투쟁의 역사.

크   전쟁의 역사. 외부의 적과 내부의 적. 국가는 언제나 전쟁을 하고 있어.

안   전쟁은 끝나지 않아. 우린 지금도 보이지 않는 전쟁을 치르고 있어.

이   이 전쟁이 끝나기를 바라.

안   전쟁의 끝은 죽음. 숨 쉬지 않을 때 그때 끝나는 거지.

폴   끝난다고? 아니야. 끝은 없어. 어둠과의 전쟁. 보이지 않는 것들, 들리지 않는 것들. 난 지금도 싸우고 있어.

이   죽음. 그다음은 평화가 찾아올까?

크   진정한 평화? 그걸 찾을 도리는 없어. 살아서나. 죽어서나.

안   죽어서도 똑같을까? 그렇다면 그건 더할 수 없는 고통. 악몽이야.

이   악몽의 순간. 그렇다면 지금 우리는 죽음 이후의 악몽을 꾸고 있는 거야.

폴   죽은 자의 꿈은 계속 반복돼. 똑같은 꿈의 반복. 고통스런 순간들에 의한 반복. 무한 반복.

안   폴리네이케스가 원하던 세상은 어떤 세상이었을까?

이   보여? 숟가락을 든 꼬마가 강아지에게 밥을 먹이고 있어.

폴   아무것도 아닌 것이 아무것도 아닌 취급을 받지 않는 세상.

음악 소리 바뀐다. (계엄령)

조명이 꿈틀거리듯 서서히 변한다.

배우들 멈춤 동작. 다시 천천히 움직인다.

아주 느릿한 움직임이 계속되며

안	오빠의 목소리. 울부짖는 칼의 노래.
이	난 아직도 두려워. 칼의 노래가 세상을 흔들어.
크	혁명가들의 노래. 혁명가들의 몽상. 저들은 마치 열사라도 된 것처럼 굴지.
폴	내가 부른 노래는 우리의 민주주의! 그것이 어째서 몽상인가?
이	몽상의 뒤편에 숨어 있는 나.
안	무엇으로부터 숨었지?
이	오늘의 평안. 내일의 두려움으로부터.
안	이겨 내려면… 당당하게 노래를 불러. 칼의 노래.
크	무참히 부서질 저들의 노래.
폴	나는 나의 노래가 잊힐까 두려워. 피맺힌 주먹의 떨림으로 부르던 우리의 노래.
크	죽어간 자들의 노래. 노래는 숨 쉬는 자들만이 부를 수 있어.
안	가자! 이스메네. 숨 쉬는 우리들은 칼의 노래를 불러.

음악 소리 교체된다. (질문 2)

조명이 꿈틀거리듯 서서히 변한다.

배우들 모두 역할에서 벗어나 코러스가 된다.

안티고네, 비석 무덤 앞에 계속 앉아 있다.

음악 소리 갑자기 사라진다.

이(코)	붉게 일어나는 내 몸. 세포들의 전율. 마지막 숨소리가 떨고 있다.
크(코)	내 몸의 세포들이 만들어내는 숨소리. 내 몸의 세포들이 깨우는 새벽.
폴(코)	새벽을 깨운 숨소리가 모여든다. 두려움 앞에 나타나 조용히 나를 안는다.
안(코)	두려움 앞에 나타나 조용히 나를 안는다.

음악 소리 커진다.

안티고네, 촛불을 끈다.

음악 소리 교체된 후 낮게 깔린다. (결말)

조명이 꿈틀거리듯 서서히 변한다.

무대 가득히 울렁이는 바다. 그 속, 침몰하는 배.

배우들이 느릿하게 움직인다.

울렁이는 바다와 침몰하는 배가 하나씩 사라진다.

조명이 꿈틀거리듯 서서히 변한다.

폴리네이케스, 장막 뒤 어딘가에 있다.

크레온, 객석을 등진 채 비석 무덤 앞에 앉아 있다.

안티고네, 이스메네. 함께 항아리의 흙을 비석에 뿌리고 있다.

이	산 자가 죽은 자를 위로할 수 있을까?
안	죽은 자와 산 자가 만나는 눈물. 그 눈물로 위로해.
이	하얀 피로 물든 광장을 위로할 수 있을까?
안	하얀 솜다리꽃들이 이곳에 다시 모여… 눈부시게 필 거야.
크	너희가 국법의 존엄을 무시해?
폴	도대체 국법은 누구를 위한 거지?
안	국법이 사람의 도리를 무시했어.
이	국법이 사람의 도리 위에 있나요?
크	무례하구나. 나는 피의 불을 태워 정의를 세웠다. 그것을 무시해?
폴	당신의 정의는 누구를 위한 거지?
안	정의를 함부로 말하지 마.
이	솜다리꽃. 하얀 피의 광장. 정의는 그들만이 말할 수 있죠.
크	국법의 존엄함은 지켜져야만 해! 너희 또한 국법의 존엄함 앞에 제물이 되길 원하나?

폴리네이케스, 장막 뒤에 서서 안티고네를 본다.

이스메네, 안티고네의 반대편에 서서 안티고네를 본다.

안티고네, 크레온을 본다.

| 안 | 하얀 피! 나는 꽃의 피울음으로 너희 죄를 물을 것이다! 솜다리 꽃의 영혼들과 함께! 나의 오빠 폴리네이케스와 함께! |

조명이 꿈틀거리듯 서서히 변한다.

안티고네, 폴리네이케스를 보고 서 있다.

무대 가득히 꽃잎이 날린다.

음악 소리 교체된다. (죽음 그리고 기억)

안티고네, 굉음과 함께 쓰러진다.

꽃잎이 사라진다.

이스메네, 놀라 소리 지르며 안티고네에게 다가간다.

조명이 꿈틀거리듯 변한다.

이   악~~!

음악 소리 커진다.

무대 가득히 꽃잎이 날린다.

조명이 꿈틀거리듯 서서히 변한다.

크레온, 안티고네를 보며 아주 천천히 퇴장한다.

폴리네이케스, 장막 뒤에서 안티고네를 안타깝게 보고 있다.

#7장

이스메네, 비석 무덤 위에 앉는다.
안티고네, 천천히 일어나 폴리네이케스의 손에 이끌려 장막 뒤로 들어간다.
폴리네이케스와 안티고네는 장막 뒤에서 이스메네를 보고 있다.

조명이 꿈틀거리듯 서서히 변한다.
교체된 음악 소리가 낮게 깔린다.

이   아~
          사라졌다.
          시리게 아픈 인연들

          하얀 꽃 솜다리
          피울음으로 떠돌다
          절벽 위에 숨었다

          광장 언저리에 앉아
          꽃 술잔 채워 들고
          눈물로 향을 피운다.

          아~

음악 소리 교체된다. (멈춰버린 꿈)

조명이 꿈틀거리듯 서서히 변한다.

여전히 무대 가득 꽃잎이 날린다.

폴리네이케스, 안티고네, 장막 뒤에서 이스메네를 보며 서 있다.

안	죽음의 고통이 지나갔어. 아주 잠깐 사이에.
폴	너의 고통은 광장 언저리에 남았어.
이	네가 부른 칼의 노래가 나의 폐부 속 깊은 곳에 남아서 함께 숨 쉬고 있어.
안	고통은 가져오지 못하고 목숨만 떠나왔어.
폴	결국… 죽은 영혼들마저 새로운 고통을 마주해.
이	너희는 시간이 멈춰버린 꿈속에서 영원히 떠돌겠지?

음악 소리 커진다.

폴리네이케스, 안티고네. 이스메네를 보며 다가가 양쪽 옆에 한 명씩 선다.

음악 소리 교체된다. (장례1)

조명이 꿈틀거리듯 서서히 변한다.

크레온, 나와서 안티고네 뒤에 선다.

음악소리 작게 깔린다.

배우들, 객석을 정면으로 바라보며 말한다.

크	푸른 아우성… 솜다리 하얀 꽃이….
폴	시리게 아픈 인연으로 남아
안	누군가의 숨으로 다시 노래한다.

이	솜다리 하얀 꽃. 하얀 피. 시간이 멈춰버린 꿈.
크	우리는 꿈을 꾸고 있는가?
폴	당신은 꿈속에서 무엇을 만났나?
이	하얀 꽃으로 부서져 숨어버린 이름들.
안	그 이름들이 노래하던 아름다운 꿈
모두	당신은 하얀 꽃들이 노래하던 아름다운 꿈을 찾았나?

천천히 무대 어두워진다.

여전히 꽃잎이 무대 가득 날리고 있다.

배우들, 꽃잎들 사이로 하나씩 사라진다.

음악 소리 교체된다. (지금 여기에)

조명이 꿈틀거리듯 서서히 변한다.

- 막 -

봄이 오는 소리 ©어니언킹

봄이 오는 소리

등장인물

아빠_길동(70세): 치매 노인으로 홍길동이 된 착각에 빠져있다.

엄마_순애(59세): 길동의 본처. 가족의 힘든 삶을 굳건히 버티는 전통적인 한국 어머니.

아들_종욱(33세): 모든 일에 실패하고 공무원 시험공부를 몇 년째 하고 있다.

딸_지영(31세): 종욱의 배다른 동생. 힘든 삶을 적극적이고 밝은 모습으로 이겨나가고자 한다.

주민_수민(41세): 오지랖 넓은 노처녀. 화장품 방문판매를 한다.

무대

동네 놀이터

#1장

노래 <동네 개들> (모두 함께)

지지 지지지 지지 지지지~
달콤한 향기로 함께 하지 으~ 냄새 (지독하다)
곧추세운 꼬리가 말을 하네 힘주어서 말을 하네
구석구석 내 실례는 항상 달콤한 향기

사랑은 나눌 수가 없는 것
달콤한 간식들이 허무하게 사라져
너희의 주인은 어디 있니
뼈다귀를 원한다면 꼬리를 흔들어봐

지지 지지지 지지 지지지~
저마다의 색깔 여기저기 으~ 냄새
무지갯빛 색깔로 말을 하네 힘주어서 말을 하네
구석구석 다른 색깔 매일 다른 응가들

주민	언제나 깨끗한 아파트를 위해서. 클린!
길동	내가 왜 니 아버지냐? 이잉!
종욱	나도 사람답게 살고 싶다. 정말!

순애	돈 좀 줘봐. 아들 좀 주게. 응?
지영	이번엔 성공할 수 있을 거야. 아자!

거리는 지지를 홀리는 곳 달콤한 간식들이 존재하네
너희의 주인은 어디 있니 뼈다귀를 원한다면 온몸을 흔들어봐
지지 지지지~~~
지지!

모두 퇴장한다.
(암전)

조명 들어오면 주민 나온다.
아침 햇살이 좋다. 주민 청소를 하다가 관객을 이웃 주민으로 만나 너스레를 한다.
너스레를 하다가 냄새를 맡는다. 냄새를 쫓아 살피다가 개똥을 발견한다.

주민	뭔 놈의 개똥이 매일 나와. 사람들이 말이야….

주민, 한쪽에서 개똥을 발견하고 구시렁거리고 있다.
길동, 허겁지겁 뛰어나와서 숨을 헐떡거린다.

길동	이 천하의 홍길동을 잡겠다고? 어림없다. 이제는 못 쫓아 오겠지.

주민, 길동을 이상하다는 듯 보고 있다.

주민	저기… 어르신….

길동, 주민을 발견하고 경계하며 다가간다.

길동	넌 거기서 뭘 하고 있느냐?
주민	개똥 치우는 중인데요.
길동	선량한 백성이구나. 열심히 하도록 해라.

아들, 아버지를 부르는 소리

종욱	아버지! 아버지!
길동	(놀라 주민 뒤로 숨으며) 정말 독한 놈이다. 절대 나 있는 데 알려주면 안 돼. (객석으로 숨는다.)
주민	네. (주민, 재미있다는 시늉하고는 개똥을 치우려다 종욱을 본다.)
종욱	(나오며) 아버지!
	(종욱, 나오다가 주민을 보고 인사한다.) (주민, 종욱을 보고 인사를 한다. 종욱의 모습에 주민 반한다.)
종욱	(주민에게 묻는 것을 포기하고 관객에게 다가가며) 혹시 영감님 못 보셨어요? 패랭이 쓰고 돌아다니는… 보면 딱 표나는데. 못 보셨어요? 도대체 어딜 간 거야.
	(주민, 종욱에게 다가간다.)
주민	저기… 107호!
종욱	네?
주민	107호 맞지?
종욱	네!

주민	아버지 찾아? 패랭이 쓰고.
종욱	네. 혹시 보셨어요?
주민	응… 절대 말하지 말래.
종욱	네?
주민	재미있는 양반이야.
종욱	네.
주민	이사 온 지 얼마 안 됐지?
종욱	네.
주민	떡은 돌렸는가?
종욱	네?
주민	떡 말이야. 이사 떡.
종욱	아, 네. 돌려야죠. 혹시 아버지 어디로 가셨는지 아세요?
주민	어. 그게… 말하지 말라고 했다니까. 나도 의리가 있는 사람이야.
종욱	네?

종욱 나가려 하면, 주민 부른다.

주민	어이. 107호.
종욱	네?
주민	난 207호에 살아.
종욱	네. (종욱, 나가려 한다.)
주민	107호. 자네는 네밖에 모르나?
종욱	아, 네.
주민	또… 떡은 언제 돌리는가?

종욱	네. 곧 돌려야죠.
주민	그래. 근데 자네 집에 개 키우나?
종욱	아니요.
주민	누가 개똥을 이래 놨어. 이것 좀 버려줘.
종욱	네?
주민	떡은 이사 하면서 돌리는 거야. 난 207호에 살아.

종욱, 똥을 들고 난처해하며 퇴장한다.

주민	(길동에게) 난 절대 말 안 했어요. (주민, 퇴장한다.)
길동	(객석에서 나오며) 큰일 날 뻔했다. 어쨌거나 숨겨줘서 고맙소. 민심은 이 홍길동이 편이지. 암만. 그나저나 연산군이 무고한 사림들을 모두 잡아들였다는데 그 이야기 들었소? 몰라도 상관없어. 알아야 할 건 패거리를 만들어서 서로 죽이니 살리니 하다가 한쪽 패거리가 승리한 거지. 정치 패거리들이 서로 그렇게 죽이려고 싸우는 통에 민심을 돌볼 시간이 있나. 그래서 이 홍길동이가 나섰다 이거지.
종욱	(나오며) 아버지!
길동	누구냐?
종욱	누구긴 누굽니까. 아버지 아들이죠.
길동	무슨 수작이냐? 날 잡아갈 순 없다. 여기 선량한 민심이 보이지 않느냐?
종욱	네. 보입니다. 정신 나간 영감님, 얼른 모시고 가라고 하시네요.
길동	네가 민심을 위협했구나. 백성들에게 겁을 줬어.

종욱	내가 무슨 겁을 줘요?
길동	너한테 협조하지 않으면 큰일 난다고 협박을 한 거지. 그렇지?
종욱	나 참 어이가 없어서.
길동	그럼. 돈 좀 쥐여주고 꼬셨냐?
종욱	내가 돈이 어디 있어요? 돈은 아버지가 다 숨겨 놨지. (표정 바뀌며) 아버지. 돈 어디 있어요?
길동	네 이놈. 백성의 피를 빨아먹으려 드는구나.
종욱	그만하고 집에나 가요.
길동	집이라니. 이 홍길동은 세상 약한 사람들 편에 서서 일하는 의적이니라. 집이 어디 있다는 말이냐.
종욱	아버지. 제발!

순애 나온다.

순애	그만둬라.
종욱	엄마.
순애	정신 나간 사람이 그렇게 말하면 알아듣나!
종욱	그럼 어떻게 해요?
순애	잘 봐. 영감.
길동	영감?
순애	아니, 홍길동 나리. 우리 집에 탐관오리가 왔어. 얼른 가서 좀 도와줘.
길동	탐관오리?
순애	그려. 세금을 내라고 난리야.

길동	그래? 내 가만두지 않겠다. 얼른 갑시다.
순애	네. 홍길동 나리.
길동	네 이놈들… (집으로 뛰어간다.)
순애	(종욱에게) 잘 봤지? 이렇게 하는 거야.
종욱	치매가 걸려도 참 독특하다. 홍길동이라니. 나 참!
지영	(조심히 들어온다. 애교부리며) 오빠.
종욱	니가 여기 웬일이냐?
지영	내가 못 올 때 왔나?
종욱	아니… 못 올 곳은 아니지만 함부로 오면 안 되는 곳이니까 그렇지….
지영	나도 엄연한 아빠 딸이야 왜 이래? 이사했다며, 인사는 드리고 가야 할 거 아냐.
종욱	(주변을 살피며) 엄마 보면 난리 난다. 얼른 가.
지영	아빠 만나고 갈 거야.
종욱	엄마 아시면 난리 난다니까.
지영	어머니 눈치 보다가 평생 못 보면.

종욱 더 긴장해서 주변을 살핀다.

종욱	치매 걸린 노인 만나서 뭐하게. 너 알아보지도 못해.
지영	아니야. 분명히 나는 알아보실 거야!
종욱	너. 아버지 돈 때문에 그러는 거지?
지영	돈? 오빠 너무해. (삐친 척하다가 소리 내 운다. 우는 소리 점점 소리 커진다.)
종욱	미안하다.

지영	미안해할 것까진 없어. 사실, 돈이 필요하기도 하고….
종욱	너.
지영	(애교 부리며) 오빠?!
종욱	얘가 왜 이래. 간지럽게. 소름 돋는다!
지영	아잉….
종욱	그만해….
지영	(큰소리) 오빠!
종욱	아이고 귀청이야.
지영	(다시 애교 부리며) 돈 찾았어?
종욱	무슨 돈?
지영	오리발 내밀지 말고.
종욱	그래. 내가 오리다. 꽥꽥.
지영	어이그… 뭐 알아낸 거 있는 거 아냐?
종욱	뭘 알아내? 내가 알아냈으면 이러고 있겠냐? 어머니 나오시기 전에 얼른 가.
지영	아버지는 그 많은 돈을, 도대체 어떻게 하신 거야?
종욱	치매 걸린 노인이 그걸 기억하고 있으면 치매가 아니지.

엄마, 나온다.

순애	종욱아, 밥 먹자~!! (사이) 너… 여긴 무슨 일이냐?
지영	안녕하세요. 어머니.
순애	어머니? 내가 왜 니 어머니냐?
지영	어머니를 어머니라 하는 게 맞지요. 그럼 뭐라고….
순애	니 엄마는 벌써 죽어서 땅속에 있는데 내가 왜 니 엄마야?

지영	아빠는 항상 어머니를 어머니라 부르라 하셨습니다.
순애	뭐?!
종욱	야. 너 빨리 가라. 이러다 큰일 난다.
지영	오빠. 지금은 어머니와 대화 중입니다.
순애	오빠?! 얘가 왜 니 오빠야?
지영	배는 달라도 같은 씨에서 나왔으니 오빠는 오빠가 맞지요.
순애	뭐야?! 첩의 자식은 출생부터가 다른 거야. 어디서 함부로 입을 놀려.
지영	하지만 저도 엄연한….
종욱	(말 자르며) 야! 야! 어른 말씀하시는데 말대꾸하는 거 아니야.
지영	말대꾸가 아니라 사실을 말씀드리는 것뿐입니다.
종욱	어허! 어서 '죄송합니다.' 해!
지영	제가 잘못한 일이 없어 죄송하다는 말씀을 드리지 못해 죄송합니다.
순애	필요 없다! 필요 없어! 다 필요 없고. 당장 내 눈앞에서 사라져. 당장!
지영	아빠 한번 만나고 가겠습니다.
순애	너 지금 막 나가자는 거야?!
종욱	지영아! 가자! 제발!

종욱이 지영을 끌고 퇴장한다.

순애	다시는 얼씬도 하지 마! 니 아버지 돈 없다. 그 돈 찾아도 길거리에 거지를 주면 줬지, 너한테 줄 거는 하나도 없다.

종욱 들어온다.

순애	갔냐?
종욱	네. 갔어요.
순애	저것이 호시탐탐 니 아버지를 노리고 있으니까 조심해.
종욱	아버지를 노리는 게 아니라 아버지 재산을 노리는 거겠죠.
순애	맞다 맞아!
종욱	아버지는 제가 잘 지킬 테니까 걱정 붙들어 매세요.
순애	아버지를 지키는 게 아니라 아버지 돈을 지키는 거겠지.
종욱	맞네요. 맞아요. (사이) 배고파요.
순애	그래… 들어가자… 된장찌개 끓여놨다.

순애, 종욱 퇴장

#2장

지영이 나와서 서성거린다.

노래 <이젠>

> **[지영]**
>
> 내일을 기대하면서 오늘을 버텨온 시간

행복이 찾아 올 거라 그렇게 기도 했는데

(지영 전화 받는다.)

지영   여보세요! 네 사장님. 지금 준비하고. 그럼요…
당연히 갚아야죠!! 저, 시간을 좀 주시면. 제가…
네? 여보세요. 사장님… 사장님… 사장님.

(힘없이 전화를 끊고 서 있다.)

(종욱 나와서 노래한다.)

[종욱]

바람처럼 흘러간 시간 무력한 지금의 현실

낡아버린 누더기 책들 헛된 꿈을 꾼 거야

종욱   여보세요! 어. 그래? 야~ 축하한다. 나? 또 떨어
졌지, 뭐! 아냐. 괜찮아! 괜찮다니까. 아 괜찮다
니까!

[지영]

꿈을 간직한 시간 바꾸고 싶은 내 삶

[종욱]

꿈꾸던 나의 삶이 이루어지는 순간

[지영, 종욱]

난 이제 다시 서고 싶어 이젠 내 길을 찾아갈 거야 이젠

꿈꾸던 나의 삶을 이젠 다시 찾아갈 거야 이젠

(종욱, 퇴장한다.)

[지영]

별님 이제 날 위해서 미소 지어 주기를

지영, 아파트를 살피며 주변을 서성인다.

주민, 나오다 지영을 발견하고 의심의 눈으로 본다.

주민	뭐 팔러 왔어?
지영	네?
주민	뭐 팔러 온 거 아냐?
지영	아니에요.
주민	그럼, 왜 그렇게 왔다 갔다 하고 있어?
지영	아. 남이야 뭘 하든 무슨 상관이세요.
주민	내가 이 아파트 살아. 207호.
지영	네.

주민, 이상하다는 듯 살피고 있다.

지영	(주민의 시선을 피하며) 왜 안 나오는 거야. 정말.

종욱, 나온다.

종욱	왜 또 왔어?
지영	오빠.
주민	응! 오빠? 애인이야?!.
지영	네?
주민	진작 말을 하지. 근데, 107호는 이사 오면서 떡도 안 돌렸어.
지영	네?

노래 <내가 굳이 떡을 먹겠다는 게 아니라>

종욱   (주민에게) 아니 또, 떡 이야기 하세요?

주민   아니~

[주민]

내가 꼭 떡을 먹겠다는 게 아냐!

주민   이웃끼리 인사도 하고 친하게 지내자, 뭐 그런
           뜻으로다.

지영   아. 네.

종욱   알겠습니다. 떡 해서 돌리면 되죠?

[주민]

내가 꼭 떡을 먹겠다는 건 아냐!

주민   그런데, 시루떡이 맛있기는 해.

종욱   시루떡 좋아하세요?

주민   응!

종욱   진짜 왜 이러실까.

[주민]

그렇다고 꼭 시루떡일 필요 없어.

주민   그런데 꼭 시루떡을 하겠다고 하면

[주민]

요 옆에 떡집은 맛이 없어. 저기 저 시장에 있는 떡집이
맛있어.

종욱   네. 저기 시장에서 파는 시루떡이요.

주민   응! 하하하.

주민	그래. 그런데 애인 참 예쁘네.
종욱	네?
주민	데이트 잘해.

주민, 나간다.

종욱, 어이없어하며 나가는 주민을 보고 있다.

종욱	야. 여기 있지 말고 얼른 가. 괜한 오해나 받게 하지 말고.
지영	뭐!?
종욱	아, 아니 그게 아니라.
지영	됐고. 오빠. 나 요즘 힘들어.
종욱	나도 힘들어. 요즘 힘 안 드는 사람 있냐?
지영	오빠는 대학도 나왔는데 뭐가 힘들어?
종욱	요즘 세상에 대학 나오면 누가 알아줘? 길거리에서 돌멩이 던지면 맞는 놈이 다 대학물 먹었다더라.
지영	대학도 못 간 나는?
종욱	대학 나와도 똑같아. 백수 생활만 몇 년째야.
지영	나, 돈 필요해. 아빠 돈… 아직 못 찾았어?
종욱	나도 찾고 싶다.
지영	오빠. 나 사실… 요즘은 너무 힘들어서 눈물이 막 나. 어떻게 살아야 할지도 잘 모르겠어.
종욱	나도 힘들어. 고시 준비만 몇 년째냐?
지영	공무원 시험도 고시냐? 매일 놀러 다닐 때부터 내 알아봤어.
종욱	뭐? 쓸데없는 소리 할 거면 얼른 가!

지영	솔직히 말해! 뭐 좀 알아낸 거 없어?
종욱	없어. 나타나길 기다리고 있지. 어디선가 짠하고 나타나기를.
지영	기다리기만 하면 찾아져?
종욱	그럼, 어떻게 하냐?
지영	그러지 말고 우리 같이 찾아보자. 오빠도 더 나이 먹기 전에 결혼도 하고, 젊음을 즐겨야지. 그런 노래도 있잖아. 노새, 노새, 젊어서 노새.
종욱	(지영의 노래에 같이 반응한다.) 자가용 한 대 뽑아서 여자 친구 옆에 태우고, 레스토랑 같은 데 가서 폼 한번 잡고. 그래야 되는데.
지영	그러니까. 하루라도 더 빨리 찾기 위해서 힘을 합치자는 거지.
종욱	그걸 어떻게 찾아? 아버지는 정신 줄 놓고 아무것도 기억을 못 하는데.
지영	나한테 좋은 생각이 있어.
종욱	뭔데?
지영	아빠의 기억을 찾아보는 거야!
종욱	기억을 찾아? 말도 안 되는 소리. 기억을 어떻게 찾아?

노래 <아빠의 기억 1> (지영 솔로)

지영	아빠가 나를 얼마나 아끼셨는지 오빠도 알지? 내 말이라면 다 들어주셨잖아.

[지영]

난 알아요 사랑 주셨던 아빠.

난 알아요 늘 안아주시던 아빠.

별 헤는 밤 빛나는 사랑 준 아빠

고요한 밤 별님 이야기를 들려준 아빠

기억해요

종욱　　　그래서?

지영, 화들짝 놀란다.

지영　　　이리 와바!

지영이 종욱에게 귓속말을 한다.

종욱　　　와! 너, 머리 정말 좋다!

지영　　　사실 머리 하나는 좋지! 내가 공부를 못한 게 아니라 안 한 거야.

종욱　　　어머니는 어쩌고? 가만 안 계실 텐데.

지영　　　그러니까. 오빠의 역할이 중요하다 이거야.

종욱　　　내가 어머니를 어떻게 이겨? 안 돼.

지영　　　오빠는 어머니를 못 이기지. 하지만 돈이 걸린 문제라면 달라질 수 도 있지. 돈!

종욱이 지영의 돈이라는 말에 혹해서 다가간다.

지영이 종욱에게 귓속말을 한다.

주민, 들어와서 보고 있다.

종욱	천재다! 천재야!
지영	내가 머리는 좋다니까! 그럼 난 간다.
종욱	야! 야! 잠깐만! 그래도 엄마가 난리 치시면.
지영	(종욱을 자세히 살피며) 어디 보자. 안 보이네, 안 보여.
종욱	갑자기 뭐가 안 보여?
지영	간이 안 보여. 남자가 이렇게 간이 작아서 어디다 써.
종욱	내가 간이 작은 게 아니라. (머뭇거림)
주민	아가씨 말이 맞어.
종욱	언제 또 나타나셨대?
주민	큰일을 하기 위해서는 큰 모험이 따르는 거야. 하긴 뭐 간 크기로 봐서는 큰 일 할 배짱이나 있을까 모르겠네.
종욱	무슨 소리 하세요! 내 간도 웬만큼 크기는 돼요!
주민	거시기는 큰가?
종욱	네?
주민	농담이야.
지영	그럼, 오빠만 믿고 난 정말 간다.
종욱	그래. 가. (지영이 나가는 모습을 보다가) 지영아.
지영	또 왜?
종욱	아니… 하면 될 것 같긴 한데… 그게….
주민	제대로 해! 자고로 남자는 여자 말을 잘 들어야 돼.
종욱	무슨 상관이세요?
주민	누가 또 개똥을 저래 놨어. (현기증 느낀 척 종욱에게 기대면, 종욱이 주민을 밀어 낸다.)

| 종욱 | 왜 이러세요. |
| 주민 | 개똥. 나 개똥만 보면 현기증이…. |

종욱, 외면한다.

| 지영 | 오빠는 할 수 있어. 나, 간다. |
| 종욱 | (지영이 가는 모습을 보며) 응. 할 수 있어. 가. 할 수 있어. 할 수 있어. |

엄마, 들어오다 종욱의 모습을 보고

순애	뭘 해? 뭘 할 수 있어?
종욱	(놀라며) 어. 아냐! 공부한다고. 공무원. 공무원 할 수 있어.
주민	저기, 난 207호 사는데. 107호 사시죠?
순애	네.
주민	(순애에게 개똥을 들이밀며) 누가 자꾸 개똥을 싸 놔서. 개 안 키우시죠?
순애	우린 개 안 키워요.
주민	오해는 하지 마세요. 깨끗하고 청결한 아파트를 위해서 제가 불철주야 봉사를 하고 있는데. 누가 자꾸 양심을 버리는 통에.

주민, 현기증이 나는 척 종욱에게 기댄다.

종욱, 주민을 밀쳐 낸다.

주민	아~ 냄새!

순애, 주민 말을 무시한다.

순애	종욱아! 니 아버지 좀 찾아봐라. 또 나갔다.
종욱	어디?
순애	야 이놈아. 내가 알면 찾아보라고 그러겠냐?
종욱	아! 미치겠네.
순애	미치겠다니? 아버지 없어졌다고 찾아보라는데 미치겠다니!
종욱	매일 아버지 욕하는 건 어머니면서.
순애	(때리며) 뭐야! 이놈이!

종욱이 도망가고 순애가 쫓아간다.
주민, 재미있어하며 보고 있다.
길동이 나온다.

길동	잠깐~~~! 의적 홍길동이 나가신다. 양민을 괴롭히는 탐관오리는 무릎을 꿇어라!
순애	내 참 어이가 없어서.
길동	당장 무릎을 꿇지 않으면 가만두지 않겠다.
순애	내가 왜 탐관오리야! 이 영감탱이가 정신이 나갔나!
주민	탐관오리같이 생겼어요.
순애	뭐요?
주민	아, 아니. 농담이에요. (길동에게) 저, 저기. 떡 드셨어요?

길동	뭐?
주민	이사 왔는데 이사 떡 드셨냐고요?
길동	무슨 헛소리냐! 당장 무릎을 꿇어라!
주민	네? 저 그게….
길동	무릎을 꿇어라!

주민, 놀라서 무릎을 꿇는다.

길동, 순애에게 천천히 다가가면서….

길동	당장….
순애	네. 네. 제가 잘못했습니다.
길동	어허! 무릎을 꿇어라!
순애	(무릎을 꿇으며) 아이고 내 팔자야!

길동, 기분 좋아서 웃고 있다.

주민	아니. 저는 그냥….
종욱	(큰 소리) 그만하세요.
길동	아니야! 내 곤장을 칠 것이야. 이놈들!!!

순애, 주민을 방패 삼아 잘 도망 다닌다.

주민, 얼떨결에 대신 맞기도 하고 도망 다니느라 정신없다.

종욱	(무릎 꿇고 빌면서) 제발! 그만하시라니까요.
길동	그래? 선량한 백성이 용서를 구하니 나는 그만 물러가겠

다. 의적 홍길동이 나가신다.

종욱   어디 가세요?

길동   나는 의적이다. 갈 곳을 정할 필요가 어디 있겠느냐. 구름을 타고 가야겠다. 구름! 얍! 가자!

길동, 나간다.

종욱   아버지! 아니 홍길동 의적님! 미치겠네.

순애   미친다는 소리 하지 마라! 미친놈 집안에서 나는 못 산다.

주민   아이고, 이게 무슨 일이야?

종욱   죄송합니다.

주민, 종욱에게 다가간다.

주민   내가 떡 좀 돌리라고 했다고 이렇게 사람을 패?

종욱   그게 아니라. 아버지께서 좀.

순애   (종욱에게) 조용히 안 해?

주민   아이고 아야!

종욱   저기 병원에라도 다녀오셔야.

주민   아이고 아야! (종욱에게 기대면 종욱이 다시 밀쳐낸다.)

주민   아, 됐고. 시루떡 안 돌려도 되니까 사람은 패지 마세요.

주민, 나간다.

종욱, 주민이 나가는 것을 확인하고 돌아서다가 문득 지영이가 한 말이 생각난다.

종욱	(애교) 엄마.
순애	애가 갑자기 왜 이래.
종욱	(애교) 엄마.
순애	아. 징그러. 저리 가.

종욱이 애교 작전에서 진지 모드로 작전을 바꾼다.

종욱	어머니. 어머님은 아십니까?
순애	뭘?
종욱	아버님께서 엄청난 돈을 숨겨놓고 계시다는걸.
순애	너! 그 돈 찾았냐?
종욱	어머님도 알고 계셨군요.
순애	그 돈 찾았냐니까?
종욱	어떻게 해서 번 돈인지도 아시겠군요.
순애	(한 대 쥐어박으며) 이게 미쳤나! 아, 그 돈 찾았냐고?!
종욱	아니. 찾은 게 아니라 찾을 수 있다고.
순애	어떻게?
종욱	저.
순애	저 뭐?
종욱	저.
순애	저 저, 그만하고 얼른 말해!
종욱	그게. 저.

순애, 종욱 때리려 하고 종욱은 도망을 간다.
길동, 나온다.

순애	확! 그냥! 거기 안 서.
종욱	아니. 그게. 저. 그게….
길동	잠깐~~! 탐관오리는 무릎을 꿇어라!
순애	무릎을 꿇기는 뭘 또 꿇어!
종욱	아버지. 탐관오리가 아니라 어머니예요. 난 아들!
길동	그럼, 니가. (사이) 탐관오리와 내통한 첩자로구나. 내 너희를 잡아 곤장을 치겠다.

순애와 종욱은 도망 다니고 길동이 쫓아다닌다.

길동	거기 서라.
순애	이게 무슨 일이냐!
종욱	아니. 아버지.
순애	니 아버지 좀 잡아라!
종욱	아버지 제발 진정하세요.

종욱의 반격에 길동이 잡힌다.

길동	이것 놓지 못하겠느냐? 내 요술을 부릴 것이다. 말발타 살발타 카드라발타. 퉤! (침을 뱉는다.) 맛이 어떠냐!

지영, 나오다 아빠를 발견한다.

지영	아빠. 저 지영이에요.

길동이 지영을 뚫어지게 바라본다. 뭔가에 홀린 듯.

지영   아빠 딸. 지영이.

길동   그래. 너 왔냐! 밥은 먹고 다녀?

지영   그럼요. 우리 아빠 살 빠졌네. 힘들었나 보다. 아빠는 밥 먹었어?

길동   그래. 우리 딸….

순애   종욱이 아버지. 정신 들어요? 나 알아보겠어요?

종욱   나 아들! 종욱이!

길동, 정신이 돌아온 것처럼 보이다가 다시 치매 노인으로 돌아온다.

순애   아들. 종욱이.

길동   탐관오리는 들어라! 이 불쌍한 백성을 위해 곳간을 열도록 해라!

순애   또 무슨 소리요?

길동   곳간을 열지 못하겠다는 소리냐?!

순애   아이고 영감! 나요, 나!

종욱   아버지!

길동   어허. 무릎을 꿇어라.

지영   아빠. 탐관오리 아니야.

길동   그래? 조금 전까지 탐관오리였는데. 다른 곳으로 가봐야 겠다. 의적 홍길동이 나가신다.

길동, 나간다.

지영, 아버지의 뒷모습을 바라본다.

노래 <아빠의 기억 2>

지영   아빠~

[지영]

예전처럼 나의 말을 들어주세요

예전처럼 나의 이름 불러주세요

예전처럼 나의 손을 잡아준다면

나의 추억은 별이 되어 빛날 텐데

어디 있나요 아빠의 기억

어디 있나요 함께한 추억

조그만 날 안아주던 아빠

별님 얘길 들려주던 아빠

나의 추억은 별이 되어

나의 가슴 속에 따뜻이

기억해요

난 느껴요 난 알아요

아빠! 기억해요

종욱   엄마. 아버지가 지영이 말은 잘 들어.

순애   네 아버지도 남은 기억이 있었나 보네. 기억이!

종욱   엄마. 아버지 기억을 찾을 수 있다면 아버지 돈도 찾을 수
         있지 않을까?

순애   말도 안 되는 소리.

종욱	그래도 시도는 해봐야지. 나도 이제 백수 탈출 하고 싶다.
순애	지금까지 못 찾은 돈이야. 어떻게 찾아. 묘안이라도 있어?
종욱	있습니다. 묘안.

종욱, 지영에게 눈치 준다.

| 지영 | 어머니. |

순애, 종욱과 지영을 번갈아 보다가 말한다.

순애	왜 또 왔어?
지영	물어보시니 단도직입적으로 말씀드리겠습니다. 아빠가 숨겨놓으신 돈, 제가 찾아드리겠습니다.
순애	여태껏 못 찾았는데 별수 있겠어. 일 없다. 가 봐.
종욱	엄마. 얘기 좀 들어봐. 지영아, 얘기해.
지영	아빠가 그냥 돌아가시기라도 하면 영영 돈을 못 찾을 수가 있습니다. 거기에다 어머님 연세를 생각하면 그 돈 써 보지도 못하고 끝날지도 모르지요.
종욱	맞는 말이네.
순애	그래서.
지영	아까도 보셔서 아시겠지만, 아빠는 제 말이라면 다 들어주십니다. 왜냐면 아빠는 어려서부터 저를 무척 사랑하셨기 때문입니다. 오빠보다도 몇 배나 더 사랑하셨다는 겁니다. 오빠 안 그래?
종욱	좀 억울하긴 해도. 인정!

순애	어이구 이 못난 놈.
지영	그러니까 아빠의 돈이 어디에 있는지를 알아낼 가능성이 있는 사람은 저밖에 없다는 거죠.
순애	그 돈을 찾아서 서로 나눠 갖자 그런 말이냐?
지영	어차피 찾지도 못하고 날아 가버릴 돈입니다.
종욱	그래. 엄마. 그리고 지영이도 아버지 딸인데.
지영	자그마치 10억입니다. 3 3 4로 하죠. 오빠랑 내가 3. 어머니가 4.
종욱	그래. 그럼 되겠네. 3억. 3억. 엄마는 4억!
순애	그건 찾고 난 다음에 이야기하고. 어떻게 찾을 생각인지부터 말해봐?
지영	그럼. 작전 회의를 시작하겠습니다.

(모여서 뭔가 은밀히 이야기한다.)

(암전)

#3장

종욱	그러니까 지금부터 연극을 하면 된다는 거지.
지영	오빠가 착한 백성. 어머님이 나쁜 벼슬아치.
순애	난 싫다!
종욱	아니 왜 또.
순애	그럼, 영감탱이가 또 '무릎을 꿇어라!' 그럴 텐데.
지영	어머니 이건 그냥 연기예요.
순애	이렇게까지 해야 되냐?
종욱	엄마. 백수 탈출. 제발.

노래 <백수 탈출>

[종욱]

공무원 시험 평균 경쟁률

지영	5급 공무원 36대 1
종욱	9급 공무원 67대 1
지영	7급 공무원 97대 1

[종욱]

손을 뻗어도 닿지 않아

달려가 보아도 닿지 않아

모두가 뛰어든 시험

모두가 달리는 경쟁

[모두]

진정 바라던 삶이란 그게 아니야

[순애]

온갖 궂은일을 해도 너만 보면 힘이 솟아났어

[순애, 지영]

너만 바라봤어.

(종욱, 부담스러워한다.)

[순애]

니가 잘되길 정말로 바라왔어

(종욱, 결심한다.)

[종욱]

우리가 바라던 삶을 위해

진정한 우리의 행복을 위해

[모두]

우리 가족의 소원을 이루자

백수 탈출 백수 탈출 백수 탈출 백수 탈출

위해!

종욱   엄마, 기회를 줘. 제발. 백수 탈출.

순애   어이구 못난 놈. 알았다.

종욱   고마워 엄마.

순애   우선 돈 찾을 생각이나 해.

종욱   좋았어. 어쨌든 너 시키는 대로 하면 되는 거지?

지영   그래. 그럼, 지금부터 시작하세요.

종욱이 순애에게 잡혀 매를 맞는 연기를 시작한다.

| 지영 | 잠깐만요. 좀 더 사실적으로. 드라마도 안 보셨어요? |
| 순애 | 아. 그 드라마처럼 하라는 거냐? 알았다. |

다시 시작한다.

종욱	아! 진짜 아파요!
순애	드라마처럼 하라고 하잖아. 백수 탈출한다며.
종욱	맞다. 백수 탈출. 때리세요.
순애	괜찮겠어?
종욱	괜찮아! 백수 탈출! 사장이 되는 거야! 때리세요!

다시 시작한다.

| 지영 | 잘하고 있어요. 더 세게 하세요. |
| 순애 | 더 세게? 오냐! |

다시 시작한다.

| 지영 | (여기저기 다니며 소리친다.) 벼슬아치가 사람 잡네. 권력 있고 돈 있다고 사람을 마구 잡네. 사람이 우선이지. 사람이 사람답게 사는 세상에서 살고 싶다. |

주민, 나온다.

| 주민 | 아가씨 무슨 일이야? |

| 지영 | 별일 아니에요. (순애와 종욱에게) 계속하세요. 사람이 사람답게 사는 세상에서 살고 싶다. |

순애와 종욱이 잠시 멈췄다가 다시 시작한다.
지영은 길동이 오는지 살핀다.

| 주민 | 이단 종교야 뭐야? 그렇다면 큰일인데. 우리 아파트에 이단 종교라니. 절대 안 돼지. |

길동 나온다. 지영은 주민을 무시하고 길동을 조종한다.

지영	벼슬이 사람 죽이라고 있는 거냐! 백성을 살려라! 우리는 죄 없는 백성이다!
길동	모두 오라를 받아라! 나는 의적 홍길동이다. 백성을 괴롭히고 자기 잇속만 차리는 나쁜 놈들. 너희들은 모두 오라를 받아라!
주민	난 나쁜 놈 아니요. (종욱이 뒤로 숨는다.)
종욱	아버지. 아니. 홍길동 나리. 억울합니다. 억울해요.
길동	걱정 마라! 내가 너를 살려주마. (순애에게) 탐관오리는 무릎을 꿇어라. 어허. 어서 무릎을 꿇어라.
순애	(지영과 종욱의 눈치를 보다가) 난 무릎이 안 좋아. 계단 오르는 것도 힘들어! (길동이 천천히 다가오면) 어떻게 좀 해봐.
주민	(길동을 막아서며) 여기서 이러면 안 됩니다.
길동	뭐라? 너도 같은 편이구나. 네 이놈!

길동이 주민을 때린다.

길동이 다시 와서 순애를 때리려 하면 지영이 가로막는다.

지영   잠깐만요 나리. 어머니. 얼른.

순애   (무릎 꿇으며) 아이고, 제가 잘못했습니다.

길동   진적에 그럴 것이지.

주민   무슨 일이야 이게.

종욱   아이고 억울해. 아이고 억울해.

길동   넌 뭐가 또 그리 억울하냐?

종욱   돈도 없는데 세금을 자꾸 내라고 해서.

길동   뭐? 세금이라니… 이런 못된.

주민, 오지랖이 발동해 옆에서 기웃거리고 있다.

길동, 기웃거리는 주민을 때린다. 주민 도망간다.

지영이 말린다.

주민   (울면서) 이것 봐요. 차분하게 말로 해요.

길동   저쪽인가? (길동, 다시 순애를 때리러 가려고 한다.)

종욱   (큰소리로) 그리고.

길동   (종욱의 소리에 반응하며) 그리고.

종욱   세금을 못 내면 매를 맞아야 한다고 해서.

길동   뭐? 이런 못된. (순애에게) 니 돈을 모두 내놔라!

순애   아! 내가 돈이 어디 있어? 언제 돈 벌어서 나한테 줘본 적 있어?

길동이 조금 누그러진다.

길동의 모습을 보며 주민, 나선다.

주민   자꾸 이러면 신고할 거요!

길동   뭐? 곤장을 쳐야겠구나.

주민과 순애는 도망가고 길동이 쫓아간다. 종욱은 어쩔 줄 몰라 허둥대고 있다.

지영   홍길동 나리.

길동   어. 왜 그러냐? 내 지금 나쁜 벼슬아치를 혼내는 중이다. 잠깐만 기다려라.

지영   잠깐만요, 나리.

길동   왜? 나 지금 바쁘다.

지영   더 혼낸다고 뭐가 나올 것 같지는 않은데요. 그냥 귀양을 보내는 게 좋을 것 같습니다.

길동   귀양! 그래. 그게 좋겠구나. 당장 귀양을 가도록 해라!

순애   (지영에게) 귀양이라니. 내가 어딜 간다는 말이냐?

주민   갑자기 무슨 귀신 씻나락 까먹는 소리야. (주민, 뒤로 숨는다.)

길동   어허. 당장 떠나지 못할까!

지영   (순애에게) 이건 그냥 연극이잖아요. 얼른 가세요.

종욱   그래. 엄마. 얼른 가.

순애   어디로?

지영   강원도 쪽이 좋을 것 같네요.

길동   그래. 당장 강원도로 귀양을 가도록 해라.

순애	이왕이면 해외로 보내 줘. 요즘 나이 먹은 사람들도 전부 해외여행 가더라. '꽃보다 할배' 봤지? 이순재하고 갔던 거기 그런데.
주민, 종욱	그래. 강원도보다야 해외가 좋지.
지영	좀 빠지세요.
주민	왜 전부 나만 그래. (주민, 나간다.)
지영	어머니. 다음에 제가 해외여행 보내드릴게요. 지금은 그냥 강원도 가세요.
길동	그래. 강원도로 가.
순애	여기 사람들한테 다 물어봐. 해외여행 안 간 사람 있나.
지영	다음에 보내드린다니까요. 오빠.
종욱	그래. 다음에 가.
순애	생각해 봐. 잘난 당신도 갔다 왔잖아.
길동	베트남. 중동.
지영	맞아요. 아빠. 아빠는 거기 일하러 갔잖아요.
길동	그래. 돈 벌러 갔지.
지영	맞아요. 거기서 힘들게 돈 벌어서 그걸로 땅 샀잖아요.
길동	3천 평. 논이랑 밭이랑 과수원이랑.
지영	그래요. 그게 왜 도로가 나고 개발이 돼서 몇 배로 뻥튀기 된 거 기억나세요?
길동	맞아! 엄청나게 돈 벌었지.
지영	그 돈 어떻게 하셨어요?
길동	통장에 넣었지. (주섬주섬 통장을 꺼낸다.) 마을금고. 마을금고가 이자도 많이 주고 대우가 좋아.

지영이 통장을 뺏다시피 해서 살펴보려는 순간 종욱이 다시 빼앗아 통장을 살펴본다. 순애도 살펴본다.

지영 일, 십, 백, 천, 만, 십만, 백만, 천만, 억, 억.

길동이 통장을 빼앗으면 종욱과 순애가 달려들어 다시 빼앗으려 한다.

순애 이리 줘 봐. 종욱이 좀 주게.

지영 (말리며) 소용없어요.

순애 뭔 소리냐?

지영 통장 비밀번호를 알아야 돈을 찾으니까요.

종욱 맞다. 비밀번호.

길동 난 의적 홍길동이다! 이 돈은 나쁜 벼슬아치들한테서 빼앗은 돈이야. 가난하고 굶주린 백성들에게 모두 나누어 줄 것이다.

노래 <비밀번호는 알고 계세요?>

　　　지영 네. 그러셔야지요. 그러려면 돈을 찾아야 하는 데 비밀번호는 알고 계세요?

　　　[길동]

그게 뭐냐?

　　　지영 돈이 나오게 하는 번호, 생각나는 거 없어요?

　　　길동 아. 기억난다….

　　　[길동]

열려라 참깨!

지영 그건 번호가 아니잖아요.

길동 번호???

[길동]

팔이팔이.

종욱 빨리빨리는 퀵 서비스 그런 거고.

[길동]

이사이사.

종욱 이사이사는 이삿짐센터.

[길동]

공구공구.

종욱 공구공구는 기계 공구 파는 가게.

[길동]

오일사오.

종욱 오일사오는 뭐지?

순애 오일사오가 맞나 보다.

지영 그건 기름 오일. 기름 사라는 번호 같은데요.

순애 아. 이 영감탱이야. 제대로 말해. 제대로.

길동 네 이놈! 당장 귀양을 보내겠다.

순애 아이고 네. 갑니다. 귀양.

종욱 아버지. 생각 좀 더 해보세요. 비밀번호. 숫자.

길동 내 너에게는 이 탐관오리의 재산을 모두 주겠
    노라.

종욱 엄마. 들었지?

순애 야. 이놈아! 내가 가진 게 뭐 있냐? 딸랑 하나

있는 집도 네 이름으로 되어 있는데.

지영　나리. 오늘은 좀 쉬세요.

길동　그래. 뭘 자꾸 생각하라고 하니까 너무 피곤하구나. 좀 쉬
　　　　어야겠다.

길동, 들어간다.

종욱　뭔가 되어 간다 했는데, 딱 막혔네.

지영　일단 돈의 행방은 확인했으니까 반은 성공했어요. 바로
　　　　다음 작전으로 들어가죠.

종욱　다음 작전?

지영　그래. 다음 작전.

셋이 모여서 뭔가 이야기한다.

종욱　너, 머리 참 좋다. 엄마 안 그래?

순애　넌, 대학까지 가르쳤는데, 머리가 왜 그렇게 안 돌아가!

종욱　엄마.

순애　하긴. 공무원 시험만 벌써 몇 년째야?

종욱　엄마!

지영　그만들 하시고 작전 시작하죠.

종욱　그래. 시작!

순애　어이구. 이걸 내가 아들이라고 대학까지 가르쳐….

종욱　엄마. 그만 좀 하세요.

엄마, 퇴장한다.

지영 그러게 좀 잘 하지.

종욱 야, 너까지 왜 그래?

주민, 들어온다.

주민 여기 있었네. 안 그래도 가는 길인데 잘됐네.

종욱 네?

주민 내가 그냥 넘어가려고 했는데 억울해서 안 되겠어.

종욱 네?

주민 아가씨도 잘 들어.

지영 네?

주민 시집 잘 못 가서 고생할까 봐 하는 말이야.

지영 네?

주민 아, 온종일 소란을 피우질 않나. 떡 좀 돌리라고 했다고 사람을 두들겨 패질 않나. 아파트 위층에 사는 사람으로서 아니, 대표 주민으로서 경고하는데.

종욱 아니. 그게 사실은 말이죠.

주민 변명은 필요 없어. 난 떡 먹어야 되겠어.

종욱 아, 네. 떡 대접하겠습니다.

주민 순순히 대답하는 게 수상한데… 진짜야?

종욱 네. 그럼요. 시루떡으로….

주민 아가씨 조심해. 분명 알 수 없는 뭔가가 있어.

지영 믿으셔도 돼요. 가자, 오빠. 시집이라니. 오지랖 참 넓다.

종욱	그러게. 다음 작전이나 진행하러 가자.

종욱과 지영 퇴장한다.

주민	너무 순순하게 대답하는 게 불안한데. 지난번에도 그래 놓고 사람을 팼잖아. 이번에 또 그러는 거 아냐?

길동 숨을 몰아쉬며 나온다.

주민	(놀라 넘어지며) 아이고. 폭력은 나쁜 겁니다. 평화로운 아파트를 위해서… 난 그만 가보겠습니다. (급하게 퇴장한다.)
길동	선량한 백성이구먼.
종욱	아버지! 아버지!
길동	끈질긴 놈.

길동, 숨는다.
종욱과 지영 함께 등장한다.

종욱	아버지! 아버지!

지영이 길동을 발견하고 종욱에게 알려준다.

종욱	아버지!
길동	넌 누구냐?
종욱	거기서 뭐 하세요?

길동	새로운 세상을 건설 중이다.
종욱	네?
길동	만민이 평등하게 사는 세상. 서로를 위해 자기 것을 나눌 줄 아는 세상. 평화로운 세상을 건설 중이야.
종욱	아버지.
길동	내가 왜 니 아버지냐?

지영, 종욱에게 눈치를 준다.

종욱	(당황하여 길동의 비유를 맞춘다.) 아버지를 아버지라 부르지 못하고….
종욱, 길동	형을 형이라 부르지 못하고….
종욱	홍길동 나리.
길동	그래. 나는 의적 홍길동이다.
종욱	아! 그렇죠. 홍길동 나리. 멋지십니다.

지영이 뭔가 기회를 잡았다는 듯 끼어든다.

지영	홍길동 나리. 이분 또한 부패한 나라로부터 세상을 구하고자 하는 의적이옵니다.
길동	의적? 의적 같지 않은데.
지영	백성들은 홍길동, 장길산 나리와 함께 이분을 삼대 의적이라 하옵니다.
길동	삼대 의적? 그게 누군가?
지영	네. 바로 임꺽정이라 하옵니다.

종욱이 폼을 잡고 임꺽정인 척한다.

길동 뭐라? 자네가 그 유명한 임꺽정? 반갑네.

지영 조선에 이름난 의적. 홍길동과 임꺽정이 만나다니. 멋지옵니다!

길동 임꺽정 자네는 지금 어디로 가는 길인가?

종욱이 머뭇거리고 있다.

지영 오빠. 아니 임꺽정 나리는 지금 백성들을 규합하여 한양으로 쳐들어가는 중입니다.

길동 뭐라? 그럼, 난을 일으켰다는 말인가?

지영이 종욱의 옆구리를 찌르며 눈치 준다.

종욱 네. 그렇습니다.

길동 대단하군 그래.

지영 이렇게 두 분이 만나다니 하늘의 뜻인 것 같사옵니다.

길동 하늘의 뜻이라니?

지영 홍길동 나리도 함께 가시지요.

길동 그거 좋지! 이 부패하고 썩은 나라를 한 번 뒤엎어 보세. 가자고!

종욱 네.

지영 (둘을 막아서며) 잠깐만요. 가시기 전에 철저한 준비를 해야 하옵니다.

길동	준비?
지영	자금이 필요합니다.
길동	자금? 돈 말인가?
지영	네. 칼도 사야 하고 창도 사야 하고 활도 사야 하고 말도 사야 하고 사람들 밥도 먹여야 하고.
길동	그렇게 사야 할 것들이 많은가?
종욱	네. 당연하죠.
길동	세상을 바꾸는 데 돈이 많이 들어가는군.
지영	그럼요. 그러니까 홍길동 나리 돈이 있으면 좀 내놓으시죠.
길동	돈? 난 돈이 없는데.
종욱	통장 있잖아요. 통장 있잖사옵니까!
길동	어. 맞다. 여기 있네. 이거면 되겠는가? (지영에게 통장을 준다.)
지영	비밀번호도 알려주셔야지요!
길동	비밀번호?
종욱	네. 비밀번호. 숫자!
길동	음… (멀리 보며) 오. 구. 오. 구.
종욱	오구오구! 드디어! (통장을 들고 나간다)
지영	(비밀번호 아닌 것 같은데…) 오빠!
길동	오. 구. 오. 구. 봄이 오구. 꽃이 피구. 진달래 먹구. 다람쥐 쫓던 어린 시절.

지영, 나가려다 다시 들어와서 길동을 살핀다.
음악이 흐른다.

길동, 옛 시절을 상상하며 놀다가 지영을 발견하고 다가간다.

길동 지영 엄마? 잘 지냈소? 그려. 나도 많이 보고 싶었어. 아 진짜야! 거기는 어때? 나? 나야 잘 지내지. 그건 그렇고 부모님은 찾았는가? 저승 가서도 못 찾았구먼. 부모님 못 찾은 게. 그게 어찌 당신 탓인가? 전쟁 탓이지. 전쟁 통에 이산가족 된 사람이 어디 한둘이야? 다시는 일어나지 말아야지. 암!
(사이) (지영 나간다.)
통장? 그거 빈 통장이야. 벌써 고아원에 다 기부했어. 응. 전부 다. 옛날에는 전쟁 때문에 당신 같은 고아가 많았지만, 요즘은 살기 힘들다고 부모가 자식을 버리기까지 한다는구먼. 뭔 놈의 세상이 이리도 험악하기만 한지. 뭐? 고맙다고? 그런 말말아. 내가 죽으면 들고 가지도 못할 돈인데. 지영 엄마. 지영 엄마. 어디가.

(암전)

#4장

순애, 나온다.

노래 <기다림>

[순애]

찬 바닷속 그리움 이 깊은 밤 외로움

가녀린 바람 소리 내 맘 달래 우는데

당신은 이제 내 맘 떠나가나

(쓸쓸한 순애, 종욱 나온다.)

시간이 가고 다시 만나면 긴 밤 함께합시다

오랜 기다림 믿었던 날들 내 맘 떠나가네

(순애, 나간다.)

[종욱]

아버지의 기억은 어디에 머물러 있나

당신의 아픈 기억들 이젠 내려놓아요

이 겨울 지나고 봄 햇살 비추면

당신이 미소 짓기를

종욱	아버지. 아버지. (사이) 홍길동 나리. 홍길동 나리. 아버지. 홍길동 나리. 아버지. 도대체 어디 계신 거야?
지영	(나오며) 오빠. 아빠 또 나가셨어?
종욱	그러게. 정말 피곤해. 비밀번호 알아냈는지 알고 얼마나

좋아했었는데. 틀린 번호라니.

지영 걱정 마. 조금만 더 하면 알아낼 수 있을 거야.

종욱 도대체 어디 가신 거야!

지영 뭐. 또 근처 어디에서 홍길동 놀이 하고 계시겠지.

종욱 이번에는 좀 이상해. 계속 하늘만 쳐다보고 다니시는 게 뭔가 이상해.

지영 증세가 심해졌나 보지.

종욱 엄청 상태가 안 좋아 보여.

지영 나도 좀 이상하기는 했어. 얼마 전에는 나를 보고 엄마로 착각하시는 것 같더라구. 어쨌건 작전을 계속 진행하면 나타나시겠지.

종욱 그래. 부근에 숨어서 보고 있을지도 모르지.

지영 이번엔 슈퍼맨.

종욱 왠 슈퍼맨?

지영 난 원더우먼.

종욱 (뭔가 알겠다는 듯) 아~~! 좋아! 악당들을 물리친다. 얍! 얍! 악당들은 나와라.

지영 악의 무리들은 나와라. 선량한 시민들을 괴롭히다니. 이 야압! 요오이잇!

종욱과 지영이 계속 소리 지르며 놀고 있다.

주민 (급히 뛰어 들어오며) 107호. 107호. 큰일 났어. 큰일.

종욱 얍. 야아아얍! 세상은 우리가 지킨다.

지영 요오오오이잇! 세상은 우리가 바꾼다.

주민	정신들 차려. 큰일 났다니까.
종욱, 지영	큰일이라뇨?
주민	아버지. 패랭이 쓰고 다니는. 지금 병원에 실려 갔어.
종욱, 지영	네? 우리 아버지가요?
주민	그래. 하늘을 보고 중얼거리면서 걸어가는 폼이 뭔가 이상해서 따라 갔는데 갑자기 차도로 그냥 뛰어가시더라고. 그때 차가 전속력으로….
종욱, 지영	심각한 상탠가요?
주민	내가 바로 119 불러서 보냈어.
종욱, 지영	어느 병원이에요?
주민	좋은 병원으로 간다고 했어. 얼른 가봐.
지영	얼른 가!

종욱, 지영 나간다.

주민	별일 없어야 될 텐데. 그나저나 떡은 언제 먹어? 떡 한번 얻어먹기 힘드네. 내 돈 주고 사먹든지 해야지.

주민, 나간다.
길동, 하늘을 보며 들어온다.

노래 <구름아>

길동	구름아~~~
[길동]	

구름아 구름아 구름아 이리 오너라

길동　　　너무 많아. 너무. 매 맞는 아이. 집 나온 아이.
　　　　　요즘에는 세상이 만들어 낸 고아들이 너무 많
　　　　　아. 하긴 총알만 안 날아다니지 세상이 온통 전
　　　　　쟁이니까! 돈 전쟁! 요즘 고아들도 다 전쟁고아
　　　　　네. 지영 엄마 자네는 총알 전쟁으로 고아. 요
　　　　　즘 아이들은 돈 전쟁으로 고아.
　　　　　돈이라면 어미 아비도 버리는 세상이니까. 그
　　　　　래. 어미 아비 버리는 그놈들도 고아네. 고아.

[길동]

구름아 구름아 이리 와서 나를 태워라

길동　　　지영 엄마. 저기 구름 좀 봐. 세상은 온통 먹구
　　　　　름인데 저 하늘에 있는 구름은 참 예쁘네.

[길동]

구름아 구름아 나를 태워라

길동　　　구름아 나를 태워서 천국까지 가자! 구름아 이
　　　　　리 오너라. 구름아 이리 오너라.

(암전)

종욱, 순애, 지영 상복을 입고 나온다.
길동의 장례식을 모두 마치고 돌아오는 길이다.
주민, 들어온다.

주민	날씨 좋다. 봄이네, 봄. 어머, 안녕하세요. (머뭇) 안녕이라니… 장례 치르느라 고생들 많으셨지요?
순애	아닙니다. 덕분에 잘 치렀습니다.
종욱	네. 덕분에….
주민	별말씀을. 제가 죄송하죠. 미리 알았으면….
순애	아닙니다. 덕분에 교통사고 뒤처리도 잘 했습니다. 합의도 잘 끝났구요.
종욱, 지영	고맙습니다.
주민	그거야 당연하죠. 같은 아파트 주민인데. 서로 챙겨주고 그러는 게 이웃이잖아요. 하하.
순애	맞습니다. 떡 한쪽이라도 나눠 먹을 수 있는 이웃이 있다는 건 좋은 거지요.
주민	고맙습니다. 그렇게 말씀해 주시니. 그럼, 떡 언제 먹나요? (사이) 아, 죄송합니다. 제가 분위기 파악을 못 하고.
순애	별말씀을요. 이렇게 애써주시니 보기 좋네요.
주민	고맙습니다. 행복한 아파트를 위해서 당연한 일이지요.
순애	떡은 다음에 꼭 돌릴게요.
주민	네. 전 먼저 들어가 보겠습니다. (나가려다 말고) 저, 그런데 그 많은 돈을 모두 고아원에 기부하셨다면서요. 대단하신 분이세요.

종욱, 눈치 준다.
주민, 머쓱해하며 들어간다.

| 종욱 | 고아원! |

순애	요즘은 보육원이라고 한다더라.
종욱	네?
순애	부모가 있어도 부모가 제구실을 못 하는 집안이 많아서 그런 아이들도 많이 간다고 고아원이란 말 대신 보육원이라고 한다는구나.
종욱	뭐. 그런 거까지 알아보셨어요?
순애	내가 알아본 게 아니라. 너희 아버지한테 돈 받은 보육원 원장이 왔었어.
지영	와서 뭐래요?
종욱	무슨 일로 왔대요?
순애	그냥 고맙다고. 인사하고 갔어. (사이) 지영아. 너희 엄마가 고아원 출신인 거 알고 있냐? 전쟁 통에 고아가 되었지. 그때는 많이 그랬어. 전쟁 통이니까… 네 엄마 저세상 가고, 그때부터 네 아버지가 고아원을 찾아다녔다는구나. 네 엄마 소원이었데. 고아원 도와주는 거.
종욱	정말 사랑하셨나 보네!
지영	오빠!
순애	종욱이 말이 맞다. 구름 타고 천국 가서 지영이 네 엄마 만났겠지.
지영	죄송해요, 어머니.
순애	네가 죄송할 일은 아니지.
종욱	그래.
순애	그 보육원 원장이 돈을 전부는 못 받겠다고 했는데도 막무가내였다는구나. 니 아버지 말이 '세상 살기 참 힘들지요. 우리 아이들도 살기 힘들겠지요. 전쟁보다 더 전쟁 같

은 세상이니까. 그래도 우리 집 아이들은 복 받은 놈들이에요. 가족이 있잖아요. 가족이 세상에서 제일 소중한 거잖아요. 그런데 여기 아이들은 그게 없어요! 가장 소중한 게 없어요.'

한참동안 침묵이 흐른다.

순애	지영아.
지영	네?
순애	우리 집으로 들어와.
지영	네?
순애	내 그동안 모질게도 굴었다만, 다른 배로 난 자식도 자식이다. 같이 살아.
종욱	그래. 노래방도 망했다며.
순애	내가 살아야 얼마를 살겠어. 나도 죽고 나면 너하고 니 오빠하고 둘이 남잖아. 둘이 의지하고 살아야지. 그게 가족이니까.
지영	어머니.
순애	그래.

주민, 나와서 울고 있는 모습을 보고는 덩달아 운다. 점점 더 크게 운다.

주민	왜 울고들 그래요? (가족들에게) 힘든 일 있으면 얘기하세요. 가족 같은 이웃이 있잖아요.
종욱	아니에요. 아무것도.

순애	고맙습니다. 앞으로 잘 부탁드립니다. 지영아, 가자!

들어가려 하면 주민이 잡는다.

주민	저기. 제가 차 한잔 대접하겠습니다. 여행 갔다 오면서 사 온 차가 있는데 맛이 끝내주더라고요.
순애	내일 마시지요.
주민	네. 오늘은 푹 쉬시고. 내일 마시지요.

순애, 지영, 나간다.
종욱이 나가려 하면 주민이 종욱을 잡는다.

주민	자기도 가야 돼?
종욱	네?
주민	아니, 나는 가족도 없고 쓸쓸하고… 그래서 외롭고….
종욱	네.
주민	그럼. 있다가 오는 거지!
종욱	네? 네….
주민	그럼 기다릴게… 가족 같은 이웃. 이웃 같은 가족.

주민, 윙크하고 나간다.

종욱	아….

종욱, 나가는 모습을 보고 돌아서서 먼 산을 본다.

종욱	나에게 왜 이런 시련을 주십니까? … 아… 그래. 까짓거 뭐. 좋게 생각하자! 죽은 사람 소원도 들어준다는데. 좋은 이웃 하나 생겼다 치지 뭐. 누가 나 같은 사람을 좋아해 주겠냐. 좋아해 줄 때 받아 주는 게 남자지. (사이) 내가 지금 무슨 생각을 하는 거야! 저기요… 저기!!

(종욱, 퇴장한다.)

(암전)

[에필로그]

조명 밝아지면

주민, 노래를 부르며 들어온다.

주민   날씨 좋다. 봄이다, 봄….

주민, 똥을 발견하고 치우려고 하면

지영, 준비한 화장지와 비닐봉지를 꺼내서 주민에게 건넨다.

지영   선물. 전해 달래요.

주민   누가?

지영   누구겠어요?

종욱, 늦잠을 잔 듯 눈을 비비면서 나와 그 모습을 보고는 다시 들어간다.

엄마, 약수터에서 물을 받아 힘겹게 물통을 들고 들어온다.

주민, 똥을 치우려다 말고 엄마가 들고 있는 물통을 받아 엄마와 함께 퇴장한다.

지영, 주민이 치우려던 똥을 치우고는 주민을 흉내 내며 노래한다.

종욱, 들어와서 지영을 보며

종욱   뭐 하냐?! 엄마가 밥 먹으래.

지영   알았어. 먼저 들어가. (오빠에게 똥을 주고 들여보낸다.)

지영, 아빠 생각을 하며 서 있으면 아빠 영혼이 뒤에서 지영을 지켜보고 있다.

지영, 아빠를 흉내 내며 놀다가 들어간다.

아빠 영혼, 집 쪽을 바라보다 들어간다.

모두 나와서 노래를 한다.

노래 <봄이 오는 소리>

[종욱]

조용히 난 소리를 들어 봄이 오는 소리

[모두]

저기

[종욱]

새싹들이 얘기하네 봄이 오는 소리

[모두]

여기

[종욱]

시냇물이 춤추는 소리 내 귓가에 들려

[모두]

저기

[종욱]

잠든 땅이 깨어나는 소리 날 깨우는 소리

[모두]

봄이 오는 소리가 들려요 바로 내 옆에서

귀 기울여 들어봐요 봄이 오는 소리

[지영]

어느새 난 향기를 느껴 봄이 오는 향기

내 옆에 있는 향기 있어 날 깨워주네

[모두]

살며시 창문을 열면 푸른 봄빛 축제

사람들이 모여서 만든 봄의 색깔

봄이 오는 소리가 들려요 바로 내 옆에서

귀 기울여 들어 봐요 봄이 오는 소리

[지영]

고민 따윈 던져버려요

[종욱]

봄이 오는 소릴 들어요

[여자]

지금 내 옆에 있는 당신의 향기

[남자]

지금 내 옆에 있는 당신의 소리

이렇게 들려요

[모두]

살며시 창문을 열면 푸른 봄 빛 축제

사람들이 모여서 만든 봄의 색깔

봄이 오는 소리 봄이 오는 소리

- 막 -

초대_바다에게 말을 걸다 ⓒ황미애

초대_바다에게 말을 걸다

공연 약력

2016.1.30.(토)~1.31.(일) 공간소극장
2016.6.24.(금)~6.25.(토) 공간소극장
2016.6.28.(화)~6.29.(수) 씨어터연바람(광주)
2016.7.13.(수) 아하아트홀(전주)
2016.10.18.(화)~10.23.(일) 굴링아방가르드씨어터(대만 타이베이)

등장인물

남자: 시간여행자, 여자의 애인
여자: 시간여행에 초대받은 여자

무대

미지의 공간
바다로 둘러싸인 섬
섬으로 들어오는 길이 놓여 있고, 그 길은 움직여 사라지기도 한다. 남자는
섬과 바다를 자유롭게 움직이지만, 여자는 바다에 들어가면 심한 고통에 휩
싸이게 된다.

주제

사람이 살아가는 역사는 온갖 아픔들의 흔적이다. 이제는 그 아픔의 역사를
아픔으로 기억하는 것을 넘어 서로의 상처를 치유하며 극복해 나가는 아름
다운 공존이기를 바란다. 다시 말해 이 작품은 역사의 아픔을 극복하고 지
혜롭게 공생하는 법에 대해 함께 고민하자는 제안이다.

제주 4.3항쟁은 대만의 2.28 사건과 많이 닮아있다. 권력과 폭력이 부른 선
량한 민간인들의 학살. 아마도 많은 나라에서 이와 비슷한 역사를 갖고 있
지 않을까, 라는 생각을 해본다. 나는 이러한 역사가 다시는 되풀이 되지 않
기를 간절히 바란다. 하지만 현대에 일어나고 있는 모든 정황들을 살펴보면
이러한 역사가 다시 되풀이될까 심히 두려운 마음이 들기도 한다. 그래서
나는 닮은꼴의 역사를 가진 두 나라의 배우를 통해 우리의 현재를 이야기하
고자 한다. 역사는 시공을 초월하여 미래의 거울로 삼아야 할 것이므로.

대 자연 속에서 사람이 사람답게 살아가는 모습. 아름다운 모습으로 공존하
기를 바라는 우리의 미래. 그 미래가 과거의 아픈 역사를 돌이켜 봄으로써
바른길을 갈 수 있길 바란다. 아름다운 공존이라는 해답을 찾기 위한 우리
의 고민이 시작되길 바란다.

[프롤로그]

여자, 노래한다.

전쟁 소리

남자, 등장한다.

알 수 없는 여자의 노랫소리가 이어지고

전쟁 소리 점점 커진다.

파도 소리

남자가 여자를 멀리서 바라보며 가만히 서 있다.

여자는 멀리 앞을 내다보며 노래를 계속한다.

점점 여자의 노랫소리 커지고

전장의 소리가 여자의 노랫소리를 덮어버리기 시작한다.

천천히 조명이 어두워진다.

#1장

파도 소리
조명이 밝아지면
남자, 바다를 보고 있다.

남자　　　　바다가 조용해졌군.

남자, 노트를 찾아서 뭔가 확인하거나 기록한다.
여자, 들어온다.

여자　　　　저.

남자　　　　왔군.

여자　　　　네?

남자, 여자를 섬으로 안내한다.
여자, 아주 조심스럽게 경계하며 길을 따라 섬으로 들어간다.
남자, 여자가 모르게 섬으로 닿는 길을 사라지게 한다.

남자　　　　미리 말하지만 여긴 나 말고는 당신뿐이야. 앞으로도 계속.

여자　　　　무슨 말씀인지?

남자　　　　(여자를 보며) 되도록 질문은 안 하는 게 좋아!

여자　　　　전 기억이 없어요.

남자　　　　당연해.

여자	네?
남자	당신은 시간여행을 했고. 시간여행은 모든 기억을 사라지게 하지.
여자	기억이 사라져요? 제가 여행을 했나요?
남자	물론 기억을 못 하겠지만.
여자	뭐가 뭔지 모르겠어요.
남자	지금은 좀 당황스럽겠지만 걱정할 건 없어. 이곳은 완벽한 자유가 보장되는 곳이니까. 거기에다 아름답기까지 하지.
여자	도대체 무슨 말씀인지… 생각나는 거라고는 초대장 같은 걸 읽고 있었어요. 그게 전부에요.
남자	조급해할 건 없어. 차츰 적응하게 될 거니까.
여자	어떻게 시간여행을 하게 됐죠?

(사이)

남자	당신이 초대장에 서명을 하는 순간 시간여행이 시작된 거야.
여자	서명이라고 했나요?
남자	그래. 당신은 당신이 사는 세상을 무척 고통스러워했으니까.
여자	내가 그랬다구요?
남자	질문은 이제 그만해. 피곤해지니까.
여자	당신은 누구죠?

(사이)

남자	난. 시간여행을 주관해! 사람들의 기억을 따라서.
여자	시간여행을 주관해요? 당신은 알 수 없는 말만 하는군요.
남자	난 다른 사람의 기억을 따라서 시간여행을 하다가 당신을 만났어.
여자	난 기억이 없어요.
남자	중요한 건. 당신은 당신이 있던 그곳을 잠깐이라도 벗어나길 원했다는 거야.
여자	내가 원했다는 걸 어떻게 증명할 수 있죠?
남자	행복을 버리고 떠나는 사람은 없어. 당신이 그곳을 떠나는 순간 기억의 고리들은 모두 끊어졌지. 그래서 난 당신의 기억과 시간을 모두 바닷속에 저장했어.
여자	시간과 기억을 저장해요?
남자	맞아. 그래서 당신은 아무것도 기억하지 못하는 상태가 된 거야.
여자	도저히 믿을 수가 없군요.
남자	믿어야만 돼. 그리고 한 가지 분명한 사실은 당신이 나의 특별한 초대장에 서명을 했다는 거야. 서명하지 않았다면 이곳에 오지 못했을 테니까.
여자	초대장을 볼 수 있나요?
남자	날 못 믿는다는 건가?
여자	그건 아니지만.
남자	그럼, 됐어.
여자	다른 사람은 왜 없죠?

남자	정확히 말하자면 없는 게 아니라 볼 수가 없는 거야.
여자	왜죠?
남자	고통이란 놈은 사람들이 만나는 순간부터 싹이 트기 시작해. 고통으로부터 벗어나는 순간은 사람으로부터도 벗어난다는 거야.
여자	말도 안 돼요! 그럼, 여기선 뭘 하며 지내죠?
남자	그건 당신 자유야. 여기에서 당신을 구속할 사람은 어차피 당신 자신 외에는 없어.
여자	왜 날 초대했죠?
남자	말했을 텐데. 당신이 간절히 원했다고.
여자	난 초대장을 기억하지 못해요.
남자	참, 그렇지. 초대장엔 이렇게 적혀있어. '당신을 시간여행으로 초대합니다. 당신이 원하는 나라를 만날 것입니다. 시간여행자로부터.'
여자	내가 원하는 나라? 어떻게요?
남자	질문은 정말 그만해. 차츰 알게 될 테니까.

남자, 노트를 살핀다.
여자, 남자에게 말을 하려고 하면 제지당한다.
여자, 주변을 살핀다.

(암전)

#2장

여자는 바다를 보고 서 있다.

남자가 들어왔다가 여자를 지켜보다 나가려고 하면 여자가 말한다.

여자 뭘 숨기는 거죠?

남자 ….

여자 나한테 무슨 짓을 한 거죠?

남자 ….

여자 초대장인가 뭔가도 다 거짓말이죠?

남자 아니야! 단지 조금 포장을 했을 뿐이지. 사람들은 과장하거나 포장하지 않으면 움직이려 들지 않으니까.

여자 포장을 했다구요? 그럼, 포장하지 않은 진실은 뭐죠?

남자 난 당신이 이곳에 잘 적응하길 바라지. 날 믿어. 믿음은 희망을 완성하게 만드니까.

여자 거짓말 따위를 믿을 사람은 없어요.

남자 당신이 있던 곳에서는 믿음이나 희망 따위는 사치에 불과해. 하지만 여기는 달라.

여자 난 당신 같은 허풍쟁이를 알아. 사람들은 허풍쟁이 앞에서 춤을 춰. 아주 정신없이. 하지만 난 달라.

남자 난 당신을 보호해. 그게 당신을 초대한 내 책임이야.

여자 듣기는 좋은 말이군요. 하지만 그걸 어떻게 믿죠?

남자 믿지 않는다면 하는 수 없지.

여자 날 보호한다고 했나요?

남자	맞아! 내가 당신을 이곳에 오게 했으니까 그건 당연한 거야.
여자	그럼, 내 기억을 돌려주세요. 당신이 바닷속에 가둬버린.
남자	그건 좀 곤란한데.
여자	왜죠?
남자	아픈 기억을 따라 시간여행을 한다는 건 고통스러운 일이니까.
여자	내 기억이 아픈가요?
남자	지독하게.
여자	진실을 보기 전에는 아무것도 믿을 수 없어요.
남자	누구도 억지로 뭔가를 믿게 할 수는 없어.
여자	난 내가 있던 곳으로 돌아가는 게 좋을 것 같네요.
남자	그건 불가능해. 시간여행은 내가 있어야만 가능하니까.
여자	날 여기 붙잡아 두려는 거군요.
남자	(화내며) 초대장에 서명한 당신의 책임을 다하도록 해!
여자	(화내며) 사실을 모두 알기 전에는 책임질 수 없어요. 그건 확실해요!
남자	당신은 왜 당신의 선택에 책임지려고 하지 않는 거지?
여자	그렇지 않아요! 난 누구보다도 책임감이 투철한 사람이라구요!
남자	그건 듣던 중 반가운 말이군.
여자	내 기억을 찾아 주세요. 제발!
남자	좋아. 정말 원한다면.

남자, 카드처럼 보이는 노트를 살핀다.

여자	그건 뭐죠?
남자	당신 기억의 목록들.
여자	기억의 목록이라구요?
남자	바다는 넓어. 이 노트가 없으면 기억들이 어디에 있는지 찾을 수가 없어.
여자	나도 봐요! 내 기억들을 모두 알아야겠어요.
남자	이건 그냥 목록이야. 그리고 한 번에 모든 걸 본다는 건 불가능해.
여자	왜죠?
남자	그러기에는 기억의 고리들이 너무 많아. 이 목록들 중에 하나의 기억으로 시간여행을 할 거야. (카드를 한 장 꺼내며) 이게 좋겠군.
여자	좋아요. 이제 어떻게 하면 되죠?
남자	(바다를 가리키며) 저길 봐. 빠르게 이쪽으로 다가오고 있어.

여자, 바다를 보며 긴장하기 시작한다.

남자	바다는 세상이 만들어질 때 처음 있었고 모든 것들은 바다로부터 태어났어. 바다는 세상 모든 역사를 기억해. 단지 바다가 하는 말을 듣지 못할 뿐이지. 뭐가 보이나?
여자	새까만 회오리들. 작고 검은 회오리들.
남자	바다가 당신에게 들려주는 이야기를 들어. 좀 더 집중해.
여자	빨간 불꽃이. 회오리들이 빠르게 움직이기 시작했어요. 태풍이. 거대한 파도가 일어나기 시작해요.
남자	좀 더 집중해.

시끄러운 소리

여자와 남자가 괴로워하며 이리저리 움직인다.

정적

소리 멈추면 두 사람 정지한다. 두 사람은 여자의 기억 속 인물이 되어 이야기한다.

여자   해녀들이 모이는 날이야.

남자   가지 마.

여자   가야 해!

남자   항쟁. 부질없는 짓이야.

여자   8천 명이 넘는 해녀들. 잠녀들의 항쟁.

남자   가지 마.

여자   놈들의 앞잡이. 객주(客主)들. 해녀조합 놈들. 그들로부터 우린 해방을 원해.

남자   우린 살아야 해. 잘못하다간 모두 죽음이야.

여자   몰라서 그래? 객주들이 고리 사채로 우리 잠녀들을 노예로 만들고 헐값에 수확물을 모두 가로챘어.

남자   이미 봉기를 주도한 잠녀들이 체포됐어. 우도에 있던 잠녀 30명도 체포돼 본도로 압송됐다고.

여자   겨우 몇 명 체포했다고 우리를 막을 수는 없어.

남자   이제 곧 4월이야. 먼 곳으로 물질을 가야 해. 출가할 시기야.

여자   중국 다렌(大連), 칭다오(靑島), 일본, 블라디보스토크까지. 출가하는 해녀만 4천명이야. 우리가 출가를 포기하면 저들이라고 별수 있겠어?

남자	추자도 어민 항쟁은? 스물한 명이 검거되고 김종만은 징역을 살았어. 총칼 앞에서 우린 무력해.
여자	동지가 말했어. 함께 뭉치면 꼭 이길 수 있다. 잃어버린 나라도 찾을 수 있다.
남자	신재홍 동지. 혁우동맹(革友同盟). 항일 비밀 결사단. 모두 어딘가로 숨어버렸어. 강창보는 후시키마루를 타고 일본으로 피신했고.
여자	앞잡이 자본가 놈들. 선주, 어업조합 놈들. 당국에 대한 항쟁이야. 이건 우리의 봉기. 노동 투쟁. 무기 없는 항전. 무기 없는 항전.
남자	그만해!
여자	노래를 불러. 해녀의 노래.

음악이 흐른다.

남자와 여자, 슬픔의 몸짓을 하고 그 위로 자막이 지나간다.

여자, 시를 읽는다.

<해녀의 노래-강관순>

1. 우리들은 제주도의 가엾은 해녀들
   비참한 살림살이 세상이 안다
   추운 날 무더운 날 비 오는 날에도
   저마다 물결 위에 시달리는 몸

2. 아침 일찍 집을 떠나 황혼이 되면

돌아와 어린아이 젖먹이며 저녁밥 짓는다
하루 종일 해왔으나 버는 것은 기막혀
살자 하니 한숨으로 잠 못 이룬다

3. 이른 봄 고향산천 부모형제 이별하고
온 가족 생명줄을 등에다 지어
파도 세고 무서운 저 바다를 건너서
기울산(조선각처) 대마도로 돈 벌러 간다

4. 배움 없는 우리 해녀 가는 곳마다
저놈들의 착취기관 설치해 놓고
우리들의 피와 땀을 빼앗아 가니
가엾은 우리 해녀 어디로 갈까

여자, 괴로워하다가 쓰러진다.
남자, 힘들어하다가 쓰러지듯 앉는다.
음악이 점점 줄어든다. 정적 흐른다.
남자, 제정신으로 돌아왔다.

남자　제길. 오늘은 너무 힘든 날이야!

여자　무슨 일이 있었던 거죠?

남자　당신이 모르면 누가 알아? 당신 기억이잖아.

여자　항전? 저항? 어떻게 내가 그곳에서….

남자　당신 기억들에 물어봐. 저 바다 말이야.

여자　슬픔… 그것들이 내 기억이 맞나요?

남자	바다는 저장된 기억과 시간을 보여줄 뿐이야.
여자	그 남자는 누구죠?
남자	친구나 가족. 아니면 당신을 사랑하는 사람이거나.
여자	당신은 무섭지 않나요?
남자	꽤나 힘들었나 보군. 그러니까 이제 당신 기억 어쩌고 하는 말은 꺼내지 마. 기억은 원래가 온통 아프고 슬픈 것들 투성이지. 당신은 특히!
여자	당신도 그런가요?
남자	난 수많은 기억들을 따라 여행하고 또 그 시간들과 함께 저 바다에 저장해. 이제는 내 기억이 어디에 저장되어 있는지조차도 모르겠어. 별로 알고 싶지도 않고.
여자	그 말을 나보고 믿으라는 건가요?
남자	믿거나 믿지 않거나 그건 당신 자유야. 여기는 완벽한 자유가 보장되는 나라니까. 그리고 이제부터 한 가지 규칙을 정하지.
여자	규칙이요?
남자	당신의 자유를 보장하기 위한 최소한의 규칙이야.
여자	그게 뭐죠?
남자	간단해. 지금부터 질문은 완전히 금지야. 난 당신의 기억 때문에 너무 힘들어. 이제부터는 그 어떤 질문도 용납하지 않겠어.
여자	질문을 금하다니요? 그럼 궁금한 건 어떻게 하죠?
남자	질문은 생각을 만들고 생각은 또 다른 질문을 만들어. 그건 무척 피곤한 일이야.
여자	당신은 날 통제하려고 하고 있어요. 질문을 못 하게 해서

말이죠.

남자   난 당신을 통제하려는 게 아니라 보호하려는 거야. 질문을 마구 쏟아내서 더 이상 피곤하게 만들지 마. 당신이 조용히 있다는 건 평화를 의미해.

여자   날 이곳에 묶어 두고 무슨 음모를 꾸미는 거죠?

남자   음모? (사이) 나를 당신이 알고 있는 그런 저급한 부류의 사람과 비교하다니! 이것 봐! 당신이 알게 된 기억. 그 어쭙잖은 생각이 피곤한 일을 만들고 있어.

여자   난 토막 난 기억이 아니라 완벽한 기억을 원해요.

남자   젠장! 당신 기억은 온통 아픈 것들뿐이야. 이미 봤잖아!

여자   맞아요. 하지만 뭔가 다른 게 있어요. 그게 뭔지 모르겠지만 난 알아야겠어요.

남자   기억을 찾는다고 뭐가 달라지지는 않아. 아픈 기억들을 들추면 고통만 더해질 뿐이라고. 알아?

여자   고통. 그렇겠죠. 하지만 난 내 항쟁의 결과를 봐야 할 것 같아요. 그리고 그 남자가 누군지 알아야겠어요.

남자   항쟁의 결과는 없어!

여자   그건 거짓말이에요. 항쟁에는 어떻게든 결과가 있어요. 반드시. 어떻게 결과가 없다고 말할 수 있죠?

남자   사람들의 싸움은 절대 끝나지 않아. 살아있는 한은 절대. 끝난 것 같아 보이지만 끝이 아닌 거지.

여자   당신이 어떤 음모를 꾸미고 있는 게 아니라면 내 기억을 찾게 해줘요.

남자   그런다고 변하는 건 없어.

여자   내가 누구였는지 알고 싶어요.

남자	정말 어리석어! 왜 고통만 가득한 기억을 찾으려고 하지?
여자	난 내 항쟁의 결과를 봐야겠어요.
남자	생각은 질문을 낳고 질문은 생각을 낳고 반복되는 생각과 질문은 멈추지 않는 전쟁일 뿐이야. 생각과 질문을 버리면 여기에선 평화롭게 살 수 있어. 완벽한 자유를 누리면서.
여자	자유. 평화. 나도 좋아요. 하지만 그건 내 기억을 찾고 난 다음이에요!
남자	무척이나 고집 세고 어리석기 짝이 없어.
여자	기억을 찾아줘요.
남자	지금은 너무나 피곤해. 일단은 좀 쉬어야겠어.

남자, 나간다.

여자, 주변을 두리번거리며 살핀다.

(암전)

#3장

여자, 뭔가를 찾고 있다. 찾은 것들을 입으로 가져가지만, 삼킨 것들을 토한다.

여자, 뭔가를 찾아서 먹고 토하기를 반복한다.

남자, 나온다.

남자 문제가 있나?

여자 질문은 사람을 피곤하게 한다고 당신이 말했던 것 같은데요!

남자 난 지금 질문을 하고 있는 게 아니라 내 책임을 다하고 있어.

여자 당신 책임?

남자 당신을 보호할 책임! 몇 번을 말해?

여자 보호한다고 했나요?

남자 바보 같은 질문은 그만해! 그리고 질문은 금지야!

여자 좋아요! 지금 난 뭘 좀 먹고 싶어요.

남자 이곳에서는 배고프지 않아. 배고픔을 느끼는 건가?

여자 배가 고프진 않아요. 하지만 뭔가 먹고 싶은데 먹을 수가 없어요.

남자 왜 먹고 싶어 하지?

여자 먹을 게 없어 허덕이며 살았거나 그게 아니면 먹는 걸 무척 좋아했겠죠. 계속 뭘 먹어야만 할 것 같은 생각이 드는 걸 보면.

남자 시간이 기억과 함께 바닷속에 갇힌 이후로 이곳은 먹을 필요가 없게 됐고 먹고 싶어도 먹을 수가 없어.

여자 무척 불행한 일이군요.

남자 긍정적인 측면이 더 많아. 아주 효율적이지. 그만큼 더 일하지 않아도 되고 먹는 거에 시간을 허비할 필요도 없으니까. 그리고….

여자 그만해요. 이제는 먹는 게 뭔지도 잊어버리게 생겼군요.

남자 잘하고 있어!

여자 갑자기 뭘 잘한다는 거죠?

남자 질문은 금지야.

여자 질문하는 것도 잊어버리겠군요.

남자 바로 그거야. 하나씩 잊어버리는 것. 배고픔도 잊고 생각하는 것마저도 잊어버리게 되면 평화가 찾아올 거야.

여자 모든 걸 잊어버리고 부처가 되라구요? 당신 미쳤군요? 진짜 내게 바라는 게 뭐죠?

남자 질문은 금지되었어. 질문은 생각을 하게 하고 생각은 사람을 병들게 해!

여자 난 사람이에요. 난 부처가 될 수 없다구요!

남자 난 당신을 이곳에 초대한 책임을 다하고 있어. 그것뿐이야!

(사이)

남자 당신은 불평이 너무 많아. 당신이 원하는 다른 일을 찾아보는 건 어때?

여자 여기에는 아무 것도 할 게 없어요. 난 심심해서 미칠 지경이라구요.

(사이)

(파도 소리)

남자 바다를 봐. 평온한 바다. 아무 말도 하고 있지 않지만 살아있어. 죽은 게 아니라 조용히 침묵하고 있는 거지.

여자 또 무슨 궤변을 늘어놓으실 생각이라면 그만둬요. 바다가 살아있다니.

남자 바다는 조용히 침묵하고 있을 때 아름답게 보여.

여자 침묵 따위는 겁쟁이들에게나 주세요.

(사이)

여자 난 누구죠? 그리고 당신은?

남자 당신은 여기 올 운명이고 난 시간여행자가 될 운명이지.

여자 운명은 누가 만들었죠?

남자 운명은 운명일 뿐이야. 운명은 누가 만들어주는 게 아니라 타고나는 거지.

여자 운명론자의 궤변 따윈 듣고 싶지 않아요.

남자 당신은 이곳에 왔고. 그건 아주 큰 행운이야. 당신은 내가 지시하는 대로만 움직이면 평화를 얻을 수 있어.

남자, 나가려 한다.

여자, 바닷속으로 뛰어들려고 하면 남자가 막는다. 실랑이가 벌어지고 여자가 먼저 정리하면서 조롱 섞인 웃음.

남자	뭘 하는 거야?
여자	당신은 언제나 책임을 다하고 있군요.
남자	난 항상 내 책임을 다해. 지금 뭘 하고 있는 거지?
여자	바다를 헤엄쳐서 이곳을 벗어나는 생각을 하고 있어요.
남자	그건 자살 행위야.
여자	차라리 이렇게 죽는 게 더 나을지도 모르죠.
남자	당신을 자살 방지 프로그램에 포함시켜야겠군.
여자	그냥 생각만 한 것뿐이에요. 진짜 그럴 수 없다는 건 나도 알아요.
남자	난 당신의 생각까지도 보호해야 할 책임이 있어.
여자	당신이 하는 게 보호인지 감시인지 헷갈리는데요.
남자	나의 노력을 오해하고 있군.
여자	그러시겠죠.
남자	무슨 의미지?
여자	당신과의 놀이는 이제, 그만두겠어요.
남자	나와의 놀이?
여자	그래요. 당신과의 놀이. 이곳에서 내가 할 수 있는 거라고는 멍하니 바다를 바라보는 것뿐이에요. 앞으로도 그럴 거고. 난, 그만두겠어요.
남자	난 놀이를 즐기고 있는 게 아니야. 평화를 찾아주기 위해 최선을 다하고 있다고.
여자	평화? 그게 뭐죠?
남자	진정한 자유. 당신이 원하는 모든 것을 할 수 있는 나라.
여자	내가 원하는 모든 것을 할 수 있는 게 아니라 내가 원하는 모든 것이 사라지고 있어요. 당신은 내가 모든 걸 잊어버

리길 원하고 있어요. 먹는 것도 생각하는 것도 모두!

남자 당신이 원하는 건 불필요한 싸움을 만들어. 난 그런 불필요한 싸움을 원하지 않아.

여자 난 당신의 이 멍청한 놀이로부터 탈출할 생각이에요.

남자 좋아. 당신 말처럼 놀이라고 쳐. 당신은 어떻게 벗어날 생각이지?

여자 글쎄요. 자살을 하는 게 아니라면 당신을 죽여 버릴지도 모르죠.

남자 극단적이군. 당신의 극단적인 생각을 긍정적인 에너지에 사용한다면 좋을 거야.

여자 이곳에선 그 어떤 긍정도 찾을 수가 없어요.

남자 아니야! 무척이나 평화로운 곳이지. 당신을 억압하거나 괴롭힐 사람은 아무도 없으니까.

여자 당신이 생각하는 그 평화를 위해 난 아무것도 하면 안 되는 거군요.

남자 난 아무것도 하지 말라고 한 적이 없어. 오히려 당신이 할 일을 찾지 못하고 있는 거지. 그리고 당신은 불필요한 것들만 원하고 있어.

여자 (격하게 화내며) 불필요한 것들! 난 당신이 말하는 그 불필요한 것들을 원해! 내 기억을 돌려줘!

남자 정말 원한다면. 하지만 기억을 알게 된다고 해서 좋을 건 없어. 고통의 기억들과 싸우며 살아가게 될 거야. 진정한 평화는 사라져 버린다고.

여자 당신은 몰라. 진짜 내가 누구인지 아무것도 모른 채 살아간다는 게. 그게 얼마나 힘든 일인지. 그건 진정한 평화가

	아니야!
남자	후회하게 될 거야.
여자	후회하지 않아!
남자	당신은 통제가 안 되는군! 생각이 넘쳐 나! (사이) 좋아!

남자, 노트에서 카드 하나를 찾아 들고 살펴본다.

남자, 바다를 바라본다.

| **남자** | 저길 봐. |

이상한 소리

남자와 여자가 쓰러지듯 앉는다.

이상한 소리 사라지면, 정적이 흐른다.

여자	흐드러지게 핀 동백꽃이 보여. 순박하고 어린 꽃. 하지만 차가운 겨울을 이겨내는 강인함을 가진 꽃. 이제 우리가 나설 때가 됐어.
남자	당신이 왜?
여자	왜라는 건 중요하지 않아. 우린 살아야 하니까! (사이) 누가 온다!
남자	그놈들?
여자	아니 다른 놈들. 점령군.
남자	보여. 그들이. 그들은 전쟁에서 승리한 전승군이야.
여자	해방군일지도 몰라.
남자	그들의 포고문을 봤어. '우리 전승군은 서명된 항복 문

서상의 지역을 점령한다. 점령 지역에 대한 군정을 선언한다.'

여자   우린 해방을 원해.

남자   또 있어. '점령군에 대한 적대행위를 감행한 자에 대해서는 점령군의 군법회의에서 유죄를 판결할 것이며, 군법회의의 규정에 따라 사형 또는 그 밖에 형벌에 처할 것이다.'

여자   해방은 사라졌어. 조심해! 우린 감시당하고 있어. 그렇지 않은 적은 한 번도 없어.

남자   주인을 무는 개는 다 죽여. 한 놈이 죽으면 다른 개들은 주인 눈치를 보지. 몽둥이 앞에서도 재롱을 떨게 돼 있어. 개가 개를 잡아먹는 세상이 되는 거야.

여자   굴속에 숨었어. 아방이랑 아즈방들이랑. 말젯놈(셋째놈)도. 며칠 굶었을지도 몰라. 산속에서. (사이) 누게꽈?(누구십니까?) 누게꽈? 누게꽈?

남자   조심해!

여자   산으로 가야겠어.

남자   산으로 숨은 사람들. 무장대를 조직해.

여자   곧 동백꽃이 떨어질 거야.

남자   그래. 동백꽃이 지겠지. 동백꽃이 지면 무장대도 해산될 거야.

여자   그렇지 않아! 소리를 들어. 동백꽃이 떨어지는 소리.

남자   소리는 들리지 않아. 꽃은 그냥 떨어지는 거지.

여자   하지만 겨울이 또 지나면 동백꽃은 다시 필 거야. (사이) 또 다른 놈들이 왔어!

남자	개새끼들이 왔군. 재롱떠는 개새끼들.
여자	빌어먹을 놈들.
남자	주인이 바뀌어도 빌어먹기 위해서는 재롱을 떨어야만 돼! 그게 그들의 살아가는 방식이야. 어쩔 수 없어. 이제 또다시 싸울 수밖에.
여자	배고파.
남자	지슬(감자)도 감저(고구마)도 다 떨어졌어.
여자	놈들이 마을을 다 불태웠어.
남자	놈들이 해안가에 전략촌(戰略村)을 만들었어.
여자	우릴 가둔 거야.
남자	옴팡밭에 가면 먹을 게 있을지도 몰라.
여자	조심해. 죽창을 가지고 가.
남자	죽창은 소용없어. 놈들에게 들키면 총부리를 들이댈 거야.

남자와 여자의 슬픈 몸짓.

음악 흐르면 시가 지나간다.

남자, 시를 읽는다.

<한라산> 중 일부 - 이산하 장편 서사시

그 밤이 토해낸 아침

우리는 보았다

그토록 오래 쌓여온 서러움의 분출

절망과 좌절로 가득 찬,

저 거리의 병든 눈빛들,

가난에 지칠 대로 지쳐
이젠 목숨마저 놓아버린
저 무심한 표정들,
그 얼굴들에 한 줄기 햇살이
비춰들고 있음을
우리는 보았다
그리고,
우리는 깨달았다!

대대로 굶주려온 그
쓰린 내장으로 깨달았는지 모른다
툭툭 불거진 광대뼈와 앙상한 갈비뼈로
거친 세상의 풍파를 깨달았는지 모른다
'햇볕이 쬐지 않는 곳'
끊임없는 학대와 박해 속에
신음하고 고통당하며
돌과 바람과 파도와 가난과 싸우다가
마침내
저절로 자신을 깨달았는지 모른다

하늘이여, 오는 것
폭풍이여, 오는 것
불길의 기둥이여, 머리칼을 흔들며
우리들 청춘의 이어도에 오는 것

이어도여 이어도여

이어란 말만은 말고 가라

이어 하면 나 눈물이 난다

우리 내버려진 고향 하나와

우리 버림받은 인민의 나라와

오랜 세월 눈물로 살았던

쭈그러진 애비들 차마 그리워

노여운 물살이여

천 년 세월을 숨죽여 굽어온 어깨들을 세우며

이어이어 이어도에 오는 것

남자, 사라진다. 음악 소리 점점 커진다.

여자가 쓰러지듯 앉는다.

(암전)

음악 소리 천천히 사라지면 정적이 흐른다.

남자, 들어온다.

남자	싸움은 끝나지 않아.
여자	그 남자가 또 나왔어요!
남자	이제, 그만해!
여자	아직 내 기억은 조각나 있어요. 그만둘 수 없어요.
남자	기억을 찾을수록 고통만 더해져!

여자	아니요! 난 계속 찾아야 해요. 내 기억들. 항전의 결과를 봐야겠어요.
남자	결과는 없어! 전에도 말했을 텐데. 세상은 끝없는 싸움. 전쟁의 연속이야!

(잠시 정적)

여자	기억 속에서 계속 만나는 남자는 누구죠?
남자	왜 나한테 묻는 거지? 당신 기억이야!
여자	그 사람을 봤는데 그 사람을 모르겠어요. 왜죠?
남자	알 수 없는 소리를 하는군.
여자	계속해요. 그 사람이 누군지 봐야겠어요.
남자	아픈 기억을 따라 시간여행을 한다는 건 정말 피곤한 일이야. 지금 계속할 순 없어.
여자	아니요! 난 지금 알고 싶어요. 당장!
남자	많은 사람들이 나의 초대를 받아 이곳으로 와. 당신이 이곳에 온 것처럼. 그리고 배고픔도 싸움도 없는 이곳에서 평화롭게 살지. 모든 사람들이 순응하는 법을 배워. 싸우거나 골치 아픈 것들은 피하는 게 당연해. 내가 그들을 만나고 있다는 것조차 그들은 관심 없어.
여자	순응한다는 건 당신에게 복종하라는 뜻인가요?
남자	아니야. 순종을 의미해. 복종은 생각에서 나오지만 순종은 그렇지 않아. 순종은 완벽한 자유에서 비롯돼. 이곳은 완벽한 자유가 보장되는 곳이니까.
여자	순종은 신에게나 어울리는 말이죠.

남자	물론 난 신이 아니야. 하지만 모두를 보호해야 할 책임을 갖고 있어.
여자	왜 굳이 모든 걸 책임지려고 하죠?
남자	질문은 그만해! 당신은 정말 피곤한 사람이야. 아주 특별해!
여자	특별하다는 건. 의미 있는 일을 한다는 뜻이죠.
남자	아무것도 하지 않아도 평화롭게 살 수 있어.
여자	무의미한 삶. 난 그렇게 살 수 없어요.
남자	당신의 그런 태도가 날 무척 피곤하게 해.
여자	당신을 피곤하게 할 의도는 없어요. 난 단지….
남자	그만해! 알았으니까.
여자	뭘 알았다는 거죠?
남자	또 질문이군.

(정적)

남자	당신은 당신이 왔던 곳으로 돌아가.
여자	당신이 그냥 그렇게 순순히 날 돌려보내지는 않을 것 같은데요. 무슨 꿍꿍이죠?
남자	꽤 똑똑한 척하는군. 역시 피곤해.
여자	뭔가 숨기는 게 있다면 난 동의할 수 없어요.
남자	당신은 기억에 대해 미련이 너무 많아. 거기에다 아픈 기억들만 가득하지. 그런 것들은 여기에서 도움이 안 돼!
여자	자유가 있는 곳에서 평화롭게 산다는 건 거짓말이었나요?

남자	당신은 지금도 질문을 계속하고 있어. 그건 규칙을 어기는 일이고 평화롭게 살 수 없다는 걸 의미해!
여자	좋아요. 돌아가죠. 그게 내가 원하던 것일지도 모르죠.
남자	좋아. 하지만 분명히 알아둘 것은 이것 또한 당신이 선택한 거야.
여자	난 준비 됐어요.
남자	조급하게 굴지 마! 당신의 마지막 기억을 찾아야 하니까.

남자, 노트를 살핀다.

여자, 바다를 바라본다. 생각에 잠긴다.

남자	찾았어. 준비 됐나?

남자, 노트를 놓고 여자에게 다가간다.

여자	작별인사를 해야 하는 건가요?
남자	아니! 작별인사는 할 필요 없어.
여자	냉정하군요.
남자	어차피 당신은 이곳에 대해 아무것도 기억할 수 없을 테니까. 지금 당신이 아무것도 기억하지 못하는 것처럼.
여자	그래도….
남자	인사는 됐어.

(사이)

남자	후회할 것 같다면 지금이라도 포기해. 마지막 기억을 보면 마음이 바뀔지도 모르니까.

여자, 말없이 머리를 좌우로 흔든다.

남자	저길 봐. 오고 있어. 당신의 마지막 기억의 고리.

이상한 소리

두 사람 괴로워하며 점차 움직임이 빨라진다.

정적이 흐르면

두 사람, 움직임을 멈춘다.

남자	그러고 있을 때가 아니야. 놈들이 언제 올지 몰라.
여자	서청 놈들. 광복청년단 놈들의 백색테러가 난무하고 있어. 보리공출에 면화공출로 테러리스트의 배를 채우고 있지.
남자	그놈들 뒤를 봐주고 있는 게 누군지 알아? 미군정이야! 무시무시한 일본을 이긴 나라!
여자	함께 독립운동 하던 동지들이 잡혀갔어. 지금이 일제 강점기와 다를 게 뭐야.
남자	독립운동가들 민족 운동가들도 모두 투옥되거나 숨어버렸어.
여자	우리는 우리 스스로 평화로운 제주도를 건설하고 있었어. 미군정이 육지 놈들을 끌고 오기 전까지만 해도. (사이) 우린 쉽게 무너지지 않아.
남자	결국은 남한의 단독 선거가 있을 거야. 정부가 수립된다구.

여자	우린 통일 독립을 원해. 망국적인 단독선거를 절대 반대한다!
남자	난 이제 경찰이야. 당신을 체포해야 할지도 몰라.
여자	배신자. 응원 경찰과 테러집단은 즉시 철수하라!
남자	우린 살아야 해. 비록 개가 될지언정 우린 살아야만 해!
여자	양심 있는 경찰은 인민의 편에 서라!
남자	힘 있는 자의 편에 서야 해!
여자	멀쩡한 사람들이 저놈들 흔들어대는 손가락질에 좌익과 우익으로 나뉘었어.
남자	제발 살길을 찾아.
여자	당신은 누구를 위해 싸우지? 인민을 팔아먹고 애국자들을 학살하는 저들과 싸워.
남자	저들은 총이 있어. 비행기까지. 엄청난 무기들! 싸워봐야 이길 수 없어. 우린 복종당할 거야. 일본에 복종한 것처럼.
여자	사람이 왜 사람에게 복종해야 하지? 우린 민족의 앞날을 생각해. 난, 좌익이 뭔지 우익이 뭔지도 몰랐어. 그런 내가 저들의 손가락질에, 저들의 저울질에 좌익이 되어 버렸어. (사이) 왜 우리는 그렇게 나뉘어야 하지? 넌 설명할 수 있겠어?
남자	반대하는 자는 좌익이고 찬성하는 자는 우익이니까.

(잠시 정적)

| 여자 | 매국적인 단독선거와 단독정부수립을 결사적으로 반대하고 조국의 통일독립과 완전한 민족해방을 위하여 오늘 당 |

신의 아들, 딸, 동생은 무기를 들고 일어섰습니다.

남자   해방은 없어. 순응하는 것만이 살길이야. 저들의 말에 복종해야 돼!

여자   이건 우리의 생존권을 위한 투쟁이야. 우린 살아야 해! 우린 살아야 해!

여자, 나가려 하면 남자가 길을 막는다.

남자   제발!

여자   날 체포할 생각이 아니라면 비켜!

남자   난 너와 평화로운 세상에서 함께 살길 원해.

여자   비켜!

남자   보낼 수 없어.

남자, 총을 꺼내서 여자 앞에 놓는다.

남자   가야 한다면 이걸로 날 쏘고 가.

여자, 총을 들고 남자를 겨눈다.

남자   쏴! 쏘라구!

여자   비켜!

정적 흐른다.

남자   당신을 체포하겠어.

남자와 여자, 뒹굴며 몸싸움을 벌인다.
총 소리!
남자, 쓰러진다.
여자, 털썩 주저앉는다. 오열한다.
여자, 정신 나간 듯 먼바다를 바라보고 있다.
음악 흐르면 시가 지나간다.
여자, 시를 읽는다.

<한라산> 중 일부 - 이산하 장편 서사시

> 한라산 깊은 골 우리의 진지
> 깎아 세운 바위 절벽은 우리의 요새
> 우리의 자유를 지킨다
> 아아-!
> 우리는 제주도 빨치산!
>
> 봉쇄선 뚫고서 해녀가 온다
> 총알을 나르다 피에 젖는다
> 조국의 자유를 지킨다
> 아아-!
> 우리는 제주도 빨치산!
>
> 형장의 이슬로 사라진다 해도

육신이 찢어진 운명이라 해도
인민의 자유를 지킨다
아아-!
우리는 제주도 빨치산!

소식을 전해주다 쓰러진 목동
이름도 성도 모르게 죽어가는구나
바다를 넘어 파도친다
아아-!
우리는 제주도 빨치산!

음악 소리 점점 커진다.

(암전)

#4장

섬은 사라지고 없다.

남자, 무엇인가 열심히 기록하고 있다.

여자, 쓰러져 있다가 깨어난다.

남자	한참을 쓰러져 있었어.
여자	어떻게 된 거죠?
남자	내가 묻고 싶은 말이야. 왜 돌아가길 거부했지?
여자	모르겠어요.
남자	당신은 당신 기억들과 싸우고 있었어.
여자	내가 그 사람을 죽였어요. 그는 날 사랑했어요. 그런데 내가… 도대체 무슨 짓을 꾸미고 있는 거죠?
남자	몰라서 묻나? 그냥 우린 바다가 하는 이야기를 들었어. 그게 전부야.
여자	바다?
남자	그래. 바닷속에서 숨죽이고 있던 기억과 시간. 가장 깊숙한 곳에 넣어서 당신 스스로 봉인해 버렸던 것들이지.
여자	당신은 지금 내 고통을. 내 상처를 헤집어서 날 괴롭히고 있어요!
남자	내가 한 게 아니야. 당신이 선택한 거지.
여자	악취미군요. 나의 아픈 기억들을 들춰내서 뭘 어떻게 하겠다는 거죠?
남자	모든 사람은 선택을 해. 난 단지 선택할 수 있는 기회를

줬을 뿐이야.

여자   난 당신의 놀잇감이 아니야.

남자   왜? 당신의 기억을 알고 나니 생각이 바뀌었나?

여자   잔인해!

남자   당신은 그곳을 탈출하고 싶어 했어. 그것도 아주 간절히! 그래서 기껏 이곳에 왔는데… 슬픈 운명이야.

여자   당신은 악마야!

남자   당신은 기억을 찾길 원했고 또 돌아가겠다고 했어. 모두 당신이 선택한 일이야. 선택에는 책임이 따르지. 난, 나의 책임. 넌, 너의 책임.

여자   돌아가지 않겠다면.

남자   책임감이 강한 줄 알았는데.

여자   지옥으로 돌아가고 싶은 사람은 없어.

남자   이미 끝난 일이야. 선택이 운명을 결정지었어.

여자   운명 타령은 그만해!

남자   운명을 바꾸려고 하지 마. 순응하지 않으면 고통만 더해질 뿐이야.

여자   당신이 날 이곳에 오게 했고. 내가 돌아가지 않게 할 수도 있어.

남자   나에게 뭘 원하지?

여자   (남자의 노트를 빼앗으며) 내 기억을 발기발기 찢어버리고 싶어.

여자, 노트를 찢어 조금씩 뿌려버리다가 모두 뿌려버린다. 카드들이 무대 가득 날린다.

남자	종이에 적힌 형식적인 활자 따위가 중요해? 의미 없어.
여자	날 갖고 놀고 있는데 의미가 없다구?
남자	당신은 빼곡히 적힌 종이의 활자를 보고 그걸 어찌해 보려고 애쓰고 있지만 시간과 기억을 모아 바다가 저장한 역사는 달라.
여자	역사?
남자	기억은 역사야! 당신의 기억도. 당신의 시간도. 모든 게 역사인 거지. 종이에 적힌 활자는 바꿀 수도 있지만 바다가 저장하는 역사는 있었던 사실 그대로지. 단지 잊고 싶은 기억들 잊고 싶은 시간들이 함께 저장되었을 뿐이야.
여자	맞아! 그건 아픔이야. 하지만 바꿀 수는 없어.
남자	아픔도 당신 기억이고 우리의 역사야.
여자	그래. 우리는 항쟁했어.
남자	항쟁은 고통을 의미해.
여자	고통의 역사. 그게 진실이야.
남자	바다는 진실을 말하지만, 사람들은 무시하지. 귀 기울이지 않아.

(정적)

여자	바다가 하는 이야기가 들리기 시작해. 난 벗어나고 싶었던 게 아닌지도 몰라.
남자	이기고 싶었던 건지도 모르지.
여자	진실이 승리하길 원해. 난 탈출하고 싶었던 게 아니야. 돌아가야겠어!

남자	진심으로 돌아가길 원하나?
여자	파도 소리가 들려. 저들이 이야기.
남자	파도가 계속 부딪치는 건 할 말이 많아서야.
여자	조금만 귀 기울이면 다 들을 수 있는데.
남자	바다는 진실만을 저장하고 또 쏟아내.
여자	햇빛이 반짝거리면 배를 타고 사람들이 돌아와. 바다를 지나오는 사람들의 소리가 들려.
남자	돌아간다고 고통이 사라지지는 않아. 항쟁의 역사는 변하지 않으니까.
여자	사람들은 이기려고만 해.
남자	진다는 건 세상에서 도태되는 걸 의미하니까. 빼앗거나 지키지 못하면 안 되는 줄 알지.
여자	난 이제 바다가 하는 말을 들을 수 있어.
남자	고통으로 병든 기억들을 인정한다는 거지. 이제 다른 이들의 말도 들을 수 있어. 스스로의 가슴에 가둬버린 기억들까지.
여자	저들의 이야기는 파도가 되었어.
남자	고통의 역사를 받아들여.
여자	어느 누구도 아프지 않기를 원해.

(사이)

남자	당신은 이제 당신이 왔던 곳으로 돌아가.
여자	그게 어디죠?
남자	기억들이 있는 과거. 아니, 어쩌면 미래를 꿈꾸는 과거일

지도 모르지.

여자	난 모두가 하나 되는 나라를 원해요.
남자	이제 돌아가. 거기서 당신이 원하는 승리를 쟁취해.
여자	내가 원하는 승리?
남자	당신이 원하는 승리.
여자	피비린내 나는 승리를 원하지는 않아요.
남자	피를 부르지 않는 승리는 없어.
여자	아니! 있어요! 함께 공존하는 것. 공존의 승리. 그게 내가 원하는 거죠.
남자	함께 공존하는 것! 공존의 승리?

(사이)

| 여자 | 당신은 누구죠? 내 기억 속에 한 사람인가요? |
| 남자 | 난 시간여행자. 바다를 봐. 그게 나야! |

(사이)

여자	아픈 사람들. 고통받는 사람들이 보여요.
남자	난 그들이 아픔과 고통에서 벗어나길 원해.
여자	난 그들이 아픔과 고통에서 이겨내길 원해.
남자	행복한 기억들을 따라 여행하고 싶은데, 모두 바람에 날려버려. 찾아내기가 너무 힘들어.
여자	힘들어도 할 수 있다면 찾아봐야죠.
남자	처음으로 마음에 드는 말을 하는군.

남자, 여자   힘들어도 할 수 있다면… 행복한 기억들을 따라….

- 막 -

엄마, 다시 가을이 오면… ⓒ박태양

엄마, 다시 가을이 오면…

등장인물

엄마(55세):   남편 없이 홀로 자식들을 키워 온 성실함. 힘든 삶을 버텨오면서 굳어진 어머니로서 삶의 방식이 확고하다. 평범한 삶에 대한 집착. 자식들에 대한 집착. 탈 없이 평범하게 살아가는 것이 행복이란 생각을 가진 보수적인 엄마.

수정(딸, 27세):   무척이나 열심히 자신의 삶을 개척하기 위해 애쓰는 진지함을 가진 딸. 아버지의 부재로 힘들었던 자신의 어린 시절. 그로 인한 아버지에 대한 막연한 그리움이 항상 존재한다. 스스로 세상과 싸워 이겨나가야 함을 어려서부터 알아버린 수정은 독립심이 강하며 자존감이 강하다. 자유주의적인 인생관을 갖고 있지만 때로는 그러한 모습이 나쁜 딸로 비치기도 한다.

무대

방 두 개가 딸린 집안 거실

[프롤로그]

수정, 자고 있다.

수정   (잠꼬대) 아빠. 아빠. 아빠 사랑해! 아빠. 아빠! 가지 마. 아빠! 아빠~~~!!!

수정, 자신의 잠꼬대 소리에 놀라 일어난다. 꿈을 생각하며 멍하게 있다가 다시 눕는다.
엄마, 빠른 걸음으로 나온다.

엄마   수정아. 수정아!

수정   (겨우 대답) 응.

엄마   빨래 좀 개 놔. 알았지?

수정   응.

엄마   일어나서 청소기도 좀 돌리고. 아이구 이 머리카락 좀 봐~~~.

수정   응.

엄마   밥해놨으니까, 주걱으로 좀 저어서 먹고!

수정   (귀찮은 듯 돌아누우며) 응.

엄마, 가방을 챙겨 들며 생각난 듯

엄마   찌개 데워서 먹어.

수정   아, 알았어.

엄마   또 밤 새웠어?

수정   (엄마 말을 자르며) 응.

엄마   (한심한 듯) 너, 일은 어떡할 거야?

수정   (벌떡 일어나며) 엄마, 출근 안 해?

엄마   어? 어! 주임이 또 난리 치겠네.

        (엄마, 급하게 나간다) 갔다 올게~~~.

수정   아! 싫다!

(암전)

#1장

암전 후 부분조명 들어오면 엄마 퇴근을 하고 들어온다.

엄마 수정아, 짠. 할매떡볶이 사 왔다. 불은 다 켜 놓고 도대체 어딜 간 거야. (가방을 놓고 켜져 있는 수정의 노트북을 본다) '어린아이처럼 순수했던 그녀의 모든 것들과 코스모스. 오만한 그녀의 자존심에 코스모스를 키우며.' 오만한 자존심에 코스모스를 키워? 뭔 소리야 이게. 무슨 말인지… 모르긴 해도 뭐 있어 보이기는 하네.

수정, 밖에서 들어오다가 엄마를 발견하고는

수정 엄마! 지금 뭐 하는 거야!
엄마 (놀라며) 아니. 이게 켜져 있어서.

수정, 어이없다는 듯 노트북 쪽으로 간다.
엄마, 도망가는듯한 움직임을 하다가

엄마 엄마가 좀 보면 안 되니? 뭐가 대단하다고.
수정 그래. 대단한 거 아니니까 훔쳐보지 마.
엄마 내가 훔쳐보긴 뭘 훔쳐봐. 켜져 있으니까 그냥 본 거야. (갑자기 냄새를 맡으며) 너 담배 피웠니?
수정 어? 어, 아니. 뭐 어때.

엄마	냄새….
수정	저리 가.
엄마	너. 이제 별걸 다 한다. 언제부터 피운 거야. 뼈 삭아 이 것아. 어디서 배워가지고.
수정	기호식품일 뿐이야. 뭐 그런 걸 가지고 그래!
엄마	(어이없어하며 수정의 모습을 보다가) 그런 거라니? 네 아빠가 있었으면 응? (손으로 목 치는 모양) 알아?

수정, 멋쩍은 애교로 넘어가려고 한다.

엄마, 방으로 들어간다.

수정, 담배 냄새를 확인. 엄마가 다시 나올까 눈치 보며….

엄마, 옷을 갈아입고 나온다.

엄마	담배는 끊어.
수정	지극히 개인적인 선택이야. 이래라저래라 안 해도 알아서 합니다요.
엄마	아이구. 와서 다리나 좀 주물러.
수정	옙. 여사님. (엄마의 다리를 주무르기 시작한다.)
엄마	종아리 알배긴 거 좀 봐라. 아래. 거기. 위에. 그래, 거기. 아이구 시원해. 아이구 시원해.
수정	시원해?
엄마	그래. 좀 살 것 같다.
수정	어깨도 주물러줄까.
엄마	좋지. (안마받으면서) 어떤 여자가 오늘 마트에 세제를 사러 왔는데 특별할인 쿠폰 다섯 장을 주면서 그냥 가려고 하

는 거야.

수정   돈도 안 내고?

엄마   그래. 그 여자 하는 말이 20% 할인권 5장이면 100% 할인이래.

수정   그거 괜찮네. 좋은 방법인데. 머리 진짜 좋다. 나도 해봐야지.

엄마   애 좀 봐. 어이없다 너.

수정   농담이야. 그래서?

엄마   그래서 내가 주임을 불렀지.

수정   그래서.

엄마   이 여자가 한참을 우기다가 안 되니까 말을 바꾸는 거야. 소리, 소리 지르면서, 내가 너무 불친절해서 화가 나서 그랬다고.

수정   뭐? 왜 말을 바꿔? 우기려면 끝까지 우기든지. 웃긴다.

엄마   그런데 더 웃긴 건. 주임이 무조건 나보고 사과하라는 거야. 주임이 하도 그래서 사과를 하기는 했는데 억울해서 분이 안 풀리더라.

수정   손님이 왕이니까.

엄마   주임한테 가서 따질 수도 없고.

수정   무조건 웃으면서 친절한 척해야지 뭐. 그게 일인데 어떻게 하겠어.

엄마   안 해 본 일 없지만 내 참 더러워서.

수정   (일어나서 노트북을 들여다보며) 세상이 그래. 편리한 세상이라고 하지만 누군가에겐 불편한 세상이기도 한 거지.

(사이)

엄마   일자리는 알아보고 있니? 엄마도 이제 자식 덕 좀 보고 살자. 너 은수 엄마 알지? 은수 엄마가 그렇게 자랑하더라. 보너스 타서 스카프 사줬다고… 나도 목이 좀 허전하네… 내가 절대 비교하는 건 아니구.

수정, 돌아앉으며 모니터만 본다.

엄마   뭐 있어? (사이) 왜 말이 없니?
수정   세상 돌아가는 소리.
엄마   무슨 소리?
수정   2008년 노벨문학상을 수상한 프랑스 작가 장 마리 구스타프 르 클레지오는 현대 프랑스 문단의 살아있는 신화다. 그는 서울에서 있을 특별 작가 대담에 참석하기 위해 곧 입국할 예정이다… 스물세 살의 김 모 씨. 자신의 처지를 비관. 아이와 동반 자살. (엄마, 딴짓하다 집중하며)
엄마   세상에! 왜 그랬대?
수정   김 모 씨는 열여섯 살에 아이를 낳고 미혼모가 되어 혼자 아이를 키워 왔다. 최근 일자리를 구하지 못해 카드 빚 독촉에 시달린 것으로 확인.

수정, 기사를 넘긴다.

엄마   왜 읽다 말아.

수정	우울한 이야기 다 읽어서 뭐하게.
엄마	(엄마 옆으로 와서) 어디야? 김 씨는 아이의 아빠를 찾아가 도움을 요청하기도 했지만 거절. (눈으로 더 읽다가) 아이고, 인생이 뭔지, 애는 또 무슨 죄야. 쯧쯧. 돈 없으면 못 사는 세상이야. (비위 맞추며) 너도 얼른 취직해서 돈 버는 게 어때?
수정	그만해.
엄마	왜? 돈 벌어서 잘 살라는 이야긴데.
수정	내가 어떻게 살아갈지는 내가 고민해.
엄마	니 오빠는 졸업하자마자 취직했잖아.
수정	요즘 완전 불경기라 언제 잘릴지 몰라.
엄마	재수 없는 소리 하지 마라. 니 오빠가 다니는 회사는 대기업인 거 몰라?
수정	대기업은 무슨 하청이지. 언제 망할지도 모른대.
엄마	절대로 그럴 일 없어.
수정	요즘은 어디로 튈지 알 수 없는 불확실한 시대야.
엄마	넌 니 오빠가 잘리기를 바라는 것 같다.
수정	오빠가 잘리기를 바라는 게 아니라. 내가 하고 싶은 말은… (말을 멈춘다.)
엄마	말해. 뭐?
수정	됐어.
엄마	되긴 뭐가 돼?
수정	말해서 뭐 해. 됐어.
엄마	아. 얼른 말해.
수정	다른 사람들처럼 오빠 역시 그냥 노동자일 뿐이라는 말

이야.

엄마 너. 넌 오빠 무시하면 안 돼. 오빠가 너 대학 등록금 보탠 거 몰라?

수정 아이고, 또 시작하셨네.

수정, 방으로 들어간다.

엄마 오늘 저녁은 뭐 해서 먹을까? 뭐 먹고 싶은 거 없어?

수정 지금 나가야 돼.

엄마 어디 가는데?

수정 월드스토리.

엄마 뭐?

수정, 안에서 대충 옷을 챙겨 입고 있다.

수정 알잖아. 아름다운 청년 작가들 모임.

엄마 (혼잣말) 아름다운 청년 작가 같은 소리 하고 있네.

수정 (헐렁한 셔츠에 바지를 입고 나오며) 갔다 올게.

엄마 얼른 밥 먹고 가.

수정 시간 늦어.

엄마 밥 굶어 가며 그런 데를 왜 가? 돈이 나와 뭐가 나와?

수정 뭐가 나와!

수정, 나가려다 말고 엄마 눈치를 살핀다.

엄마	떡볶이라도 먹고 가~~
수정	나랑 엄청 친했던 선배가 프랑스에서 잠시 들어왔는데. 거기서 박사 논문을 쓰고 있는 중이래. 정말 대단하지 않아?
엄마	그래서.
수정	그 선배가 나더러 프랑스 오라는데 나도 갈까?
엄마	(엄마 잠시 생각하다) 말도 안 되는 소리. 거기서 뭐 해 먹고 살아?
수정	하다가 여의찮으면 관광 가이드라도 하지 뭐. 그 선배도 맨몸으로 가서 그만큼 한 거야. 그리고 글이란 모름지기 삶의 철학에서부터 나오는 거야. 사람들이랑 만나서 세상 이야기도 하고 역사 이야기도 하고. 관용의 나라 프랑스. 톨레랑스라고 양심, 사상, 표현의 자유, 맹목적인 추종이 아니라 서로 다른 걸 인정하고 받아들이는 거. 거기에다 볼테르, 발자크, 카뮈, 르 클레지오 등 수많은 예술가들의 나라.
엄마	머리 복잡해. 삼시 세끼 밥 굶지 않으면 되는 거야. 넌 착실히 돈 모아서 시집갈 생각이나 하셔. 응?
수정	됐네요. 내가 엄마하고 무슨 이야기를 해.

수정, 나가려 한다.

엄마	잠깐만! 너, 거기 가면 동준이 그 녀석도 만나는 거 아냐?
수정	동준이가 뭐 어때서?
엄마	만나지 말라니까!

수정   아, 됐어.

수정, 엄마에게 약을 올리기라도 하듯 장난치며 나간다.
엄마, 수정이 나가는 모습을 바라보다 집 안을 정리하다 방으로 들어간다.

(암전)

#2장

조명 밝아지면
수정, 혼자다.

수정   엄마의 속옷은 언제나 늘어진 듯 꼬질꼬질하다. 그 꼬질
꼬질한 느낌은 엄마의 식탁에도 있고 소파에도 있고 집안
모든 곳에 묵은때처럼 끼어있다. 그건 그녀가 엄마의 딸
이기 때문에 느끼는 것인지도 모른다. 그리고 그건 엄마
의 그림자다. 그녀는 그 그림자로부터 벗어나고 싶어 하
지만, 그림자밟기 놀이라도 하듯 엄마의 그림자는 그녀의
그림자를 쫓고 있다. 그리고 또 언제나 그렇듯이 모녀가
앉은 자리에는 여러 말들이 튕겨 오른다.

수정, 글이 마음에 든 듯. 만족해하며 음악을 튼다. 음악 잠시 듣다가 춤을 춘다. 담배를 꺼내서 밖으로 나간다.

엄마, 퇴근하고 들어온다.

엄마　　　수정아. 수정아.

엄마, 음악 소리를 들으며 수정의 노트북을 본다.

엄마　　　엄마의 속옷은 언제나 꼬질꼬질하다. (자기의 속옷을 상상하다 다시 읽는다.) 엄마의 그림자는 그녀의 그림자를 쫓고 있다. 밤에 잠깐 얼굴 보면 다행인데 쫓아다니기는 무슨….

음악이 바뀐다. 바뀐 음악 소리에 귀 기울이다가 흥얼거린다.

엄마　　　(남편 생각) 당신 이 노래 기억나?

엄마, 노래에 취해서 흥얼거리다가 방으로 들어간다.

수정, 동준이와 통화를 하며 들어온다.

수정　　　그러니까. ‘세상이 만만한 게 아니다. 너도 살아 봐라.’ 매일 그런 이야기… 그러니까. 응? 아. 그 동네. 거긴 조용하고 좋을 것 같은데. 어. 어. 어. 그래. 그래.

엄마　　　(방안에서) 수정이니?

수정　　　(놀라며) 응.

수정　　　(엄마를 의식하며) 그래. 알았어. 나중에 봐. 끊어.

엄마, 옷을 갈아입고 나온다.

엄마, 수정을 보고는 걸레질을 시작한다.

수정	언제 왔어?
엄마	누구니?
수정	친구.
엄마	친구 누구?
수정	있어.
엄마	뭐가 그렇게 비밀이 많아?
수정	비밀은 무슨.
엄마	비밀이 아니면 왜 누군지 말을 못 해?
수정	뭘 그렇게 사사건건 다 알려고 그래.
엄마	이상한 놈 만나고 다니는 거 아니지?
수정	걱정 붙들어 매세요.
엄마	불안하다 불안해.
수정	내가 그렇게 불안해?
엄마	그래. 취직할 생각도 안 하고 빈둥거리는데 불안하지, 그 럼. 니가 엄마 심정을 알기나 해?
수정	내가 뭘 몰라? 다 알아.
엄마	다 알면 얼른 취직해.
수정	취직해서 시계추처럼 똑딱똑딱 그렇게 사는 거 싫어.
엄마	배부른 소리 하고 있네. 요즘 남자들은 맞벌이 못 하는 여 자는 찾지도 않는다고 하더라.
수정	시집 안 가면 되지.
엄마	그걸 말이라고 해!

수정	엄마, 난 세상 이야기를 글로 쓰고 싶은 거야. 사람으로 살아가는 이야기, 부족한 사람들이 서로 공감하고 안아주는 그런 이야기.
엄마	글 쓴다고 밥이 나오니? 쌀이 나오니? 그리고, 그게 그렇게 쉬워? 베스트셀러 작가는 아무나 된대? 작가랍시고 거드름이나 피우지, 밥 굶는 사람들 수두룩한 거 알아 몰라? 일단은 안정된 직장에서 몇 년 일하다가 좋은 남자 만나서 시집가고. 애기 낳고.
수정	또… 내 인생은 내가 알아서 해요.
엄마	뭐가 되려구?!
수정	뭐가 될 거야!
엄마	뭐? 이것아. 평범하게 사는 게 제일 행복한 거야! 여자는 자고로….
수정	구시대적인 발상. 여자도 세상에서 자기 몫을 담당하는 시대야. 스스로 설 수 있을 때 비로소 행복한 거라구. 몰라?
엄마	그러니까 직장 다녀. 네가 유학을 다녀왔니? 집안에 빽이 있니? 꿈 깨! 나이 들면 후회한다.
수정	그만해. 내가 원해서 결정한 거야. (사이) 나는 엄마가 가끔은 내 결정을 응원해 줬으면 좋겠어.
엄마	다 널 위해서 하는 말이야. 잘 생각해.

엄마, 멋쩍은 듯 방으로 들어간다.

수정, 들어가는 엄마를 살핀다. 잠시 생각에 잠겼다가는 책을 본다.

엄마, 준비해 두었던 선물을 들고나와서 수정에게 건넨다.

수정	이게 뭐야?
엄마	예쁘게 좀 꾸미고 다녀. 요새 미화가 화장품 방판한다고 해서 니 꺼 하나 샀어.
수정	나, 화장 안 하는 거 알잖아.
엄마	여자가 그렇게 선머슴처럼 하고 다니면 되겠어?
수정	얼굴은 마음이야. 화장을 한다는 건 마음을 위장하는 거지. 왜 마음을 그렇게 위장하고 살아?
엄마	말이나 못 하면… 여자는 자고로 예뻐야 남자가 좋아하는 법이야. 남자들이 널 여자로 보기나 하겠니?
수정	사느냐. 죽느냐. 페이스가 문제로다! 제대로 사는 게 중요한 거지. 그걸 모르는 남자라면 난 관심 없어.
엄마	면접도 보러 가고 해야지.
수정	난, 취직할 생각 없다니까. 이 화장품은 탄력 잃은 엄마 피부에 먹이세요.
엄마	얘가… 너 엄마 성의를 이렇게 무시해도 되는 거야?
수정	쓰지도 않는 걸 갖고 있으면 뭐 해? 아까우면 환불하든지.
엄마	너… 니 아빠가 있었어야 했어.
수정	또!
엄마	요즘 애들은 얼굴 고쳐달라고 아우성이라는데 넌 어떻게 된 게.
수정	내가 얼굴 고친다고 하면 돈이라도 줄려고?
엄마	니가 얼굴 고칠 때가 어디 있어? 엄마 닮아서…
수정	그 봐!

수정, 자기 방으로 들어간다.

엄마	애~~ 그럼 너 머리라도 좀 어떻게 해봐?
수정	됐네요.
엄마	아휴 징그러~~~ 말 안 들어.

수정, 방으로 들어간다.

엄마	(수정 아빠 생각 가볍게) 당신이 없으니 저 아이가 제멋대로 잖아. 선머슴처럼 저러고 다니는 거 다 당신 탓이야.

수정, 외출 준비를 하고 나온다.

수정	나, 외출.
엄마	다 늦은 밤에 어딜 가?
수정	월드스토리.
엄마	뭐?
수정	또 말해? 아름다운 청년 작가들의 모임.
엄마	거긴 왜 또.
수정	왜긴 왜야. 모임이 있으니까 가는 거지.
엄마	가지 마.
수정	왜?
엄마	거기 가면 또 동준이 만날 거잖아.
수정	동준이가 왜?
엄마	그놈. 가족들 밥 굶길 상이야.

수정, 엄마에게 다가가서 엄마에게 애교

수정	엄마.
엄마	얘가 왜 이래?
수정	동준이 이야기가 나왔으니까 하는 말인데. 나 동준이랑 같이 살아볼까?
엄마	뭐? (사이) 너, 제정신이냐?
수정	엄마. 요즘은… 엄마도 날 좀 이해해 보려고 해 봐.
엄마	설마, 너 정말 동준이랑 같이 살겠다는 건 아니지?
수정	맞아. 사실은 같이 살 데 알아보고 있어.
엄마	뭐? 지금 결정 다 해놓고 말하는 거야?
수정	그렇게 됐어. 엄마가 동준이 싫어하니까….
엄마	시끄러.
수정	(답답한 듯 사정하며) 엄마!
엄마	더 이상 말하지 마!
수정	(어긋나며) 다 큰 딸이 독립하겠다는데, 힘은 못 줄망정… 꼭 그렇게 힘 빠지는 소리만 해야겠어?
엄마	독립? 너 지금 결혼도 안 하고 그놈이랑 살겠다는 거잖아.
수정	결혼해서 살다가 이혼하는 것보다 낫지.
엄마	뭐?
수정	같이 살아 봐야 알 거 아냐! 생활비도 반씩 부담하기로 했으니까 걱정 마.
엄마	그놈은 절대 안 돼! 그리고, 결혼도 안하고 남자랑 동거하겠다는데. 오냐. 그래라. 그럴 엄마가 어딨니!

수정, 일어난다.

수정	나갔다 올게.
엄마	나가지 마.
수정	그냥 모임 가는 거야.
엄마	모임! 거기 가서 뭐 하게?
수정	사람들 만나서 뭐 하겠어. 이야기하는 거지.
엄마	무슨 이야기?
수정	이런저런 이야기.
엄마	이런저런 이야기 뭐?
수정	사람답게 살아가는 이야기. 우리는 어떻게 살고 있는지, 어떻게 살아가야 할 것인지, 그런 이야기.
엄마	그런 거 한답시고 이상한 놈 만나서 이상한 작당이나 하겠지.
수정	이상한 작당 아냐!
엄마	이상한 작당이 아니면?
수정	사람 사는 이야기. 그냥 그게 전부야.
엄마	똥준인가 뭔가 하는 놈이랑?
수정	엄마. (사이) 거기 나오시는 분들 모두 의식 있는 사람들이라고.
엄마	의식? 그게 뭔데?
수정	말도 안 되게 돌아가는 세상. 돈과 권력에 소외된 사람들. 공장 굴뚝에서, 철탑 꼭대기에서, 길거리에서 소리치는 사람들. 모두 함께 인간답게 살자고 말하는 거. 세상을 똑바로 정확하게 보자는 거.
엄마	너. 그놈들이랑 몰려다니더니 완전히 빨갱이가 다 됐구나.
수정	몰려다니면 다 빨갱이야? 빨갱이 그런 거 아니야.

엄마	그럴 시간 있으면 일해서 돈이나 벌어. 돈 모아서 제대로 된 남자 만나서 시집가고. 그럼 되는 거야. 그게 사람 사는 거라구.
수정	(담담하게) 내 인생은 내가 알아서 해!
엄마	그래서. 엄마 말은 소용없고, 무조건 나가겠다! 그래. 나가라. 나가! 진즉에 내보냈어야 되는 건데. 복도 많지. 자식이 둘이나 되는데. 한 놈은 통영인가 어딘가로 가서는 한번 얼굴 볼 수가 있나! 한 놈은 이상한 놈이랑 만나서 동거하겠다는 소리나 하고. 뭐? 내 인생은 내가 알아서 해? 내가 너희들한테 뭘 잘못했어! 내가 너희들한테 뭐 대단한 걸 바라는 것도 아니고. 전부 니들 뒷바라지하느라 보낸 세월이야. 근데 뭐?
수정	엄마, 그러니까 엄마도 이제 엄마 인생을 좀 찾아. 자식들만 보고 사는 거 이제 지겨울 때도 됐잖아. 이러쿵저러쿵 잔소리 듣는 거 나도 지겨워.
엄마	지겨워?
수정	그래! 지겨워!
엄마	자식들 키워봐야 소용없다더니….
수정	모두가 자기 삶이 있는 거야. 모든 걸 엄마 잣대로 가두려고 들지 마.

(사이)

| 엄마 | 네 아버지 병으로 죽기 전에 이 엄마한테 부탁하더라. 너는 제대로 된 남자한테 시집보내라고. 자기 같은 남자 만 |

	나서 고생 안 하게. 엄마의 직감이란 게 있어… 동준이 그 녀석 너 고생시킬 놈이야.
수정	이야기가 통하는 사람이야.
엄마	엄마 말 들어!
수정	엄마야말로 구닥다리 낡은 생각 좀 버려! 엄마랑은 도대체가 안 맞아. 게다가 끊임없는 잔소리. 숨을 못 쉬겠어.
엄마	너, 말 다 했어?
수정	아니! 엄마 자신을 돌아봐. 엄마는 엄마 인생에 뭐가 남았어? 뭐 하나 제대로 남은 게 있냐구!

수정, 답답한 듯. 물을 마신다.

엄마	(조용히) 그래. 알았다. 나가라!

엄마, 점점 울음 섞인 절규에 가까워진다.

엄마	나가서 똥준인가 뭐신가 그놈하고 잘살아봐!

(사이)

엄마	못된 년! 나한테 남은 건 너하고 니 오빠야. 내가 어떻게 키웠는데. 온갖 눈치 다 보며 군소리 하나 못하고 참아가며 일했어. 그런데 뭐? (사이) 그래, 나가라 나가! 얼른 나가!

(사이)

엄마   너도 이담에 꼭 너 같은 딸 낳아서 키워봐. 분명히 후회하
겠지. 아무리 후회해 봐야 그때는 소용없어. 나는 이미 이
세상에 없을 거니까.

(사이)

수정, 말없이 나간다.

엄마   어디가? 다 늦은 밤에 어디 가냐구?

(암전)

#3장

엄마, 집에서 초조해하는 모습으로 있다가 계속 전화를 건다.
수정, 독립해서 사는 방에 있다. 천천히 이야기 시작한다.

수정   그녀는 그렇게 자신의 길을 선택했다. 홀로서기. (사이) 엄
마의 감시로부터 벗어난 것만으로도 그녀는 충분히 살 것
같았다. 일자리를 구해야 했지만, 내일을 위해 오늘을 버

티는 또 다른 기쁨도 있었다.

(전화 소리 울린다.)

아, 또!

(수정, 전화기를 보고는 받지 않는다. 전화벨 소리 꺼지면.)

얼마가 지나 다시 엄마로부터의 전화가 시작되었다. 그리고 그녀의 사랑은 달콤한 아이스크림처럼 시간이 지나면서 녹아내리고 있었다.

(전화벨 소리)

결국, 엄마의 전화는 잠잠했던 방 안 공기를 마구 흔들어 대기 시작했고, 그녀의 평화는 깨지고 말았다.

조명이 바뀌면, 수정의 모습이 사라지고 엄마의 모습만 보인다.

수정, 집으로 들어오면

엄마	왔니? 죽었는지 알았네.
수정	죽기는 누가 죽어?
엄마	하도 전화를 안 받으니 하는 말이지.
수정	안 받기는 누가 안 받았다 그래! 그냥 전화기 소리를 못 들은 거지.
엄마	(수정의 말을 자르며) 넌 손가락이 없니? 왜 전화 안 해?
수정	좀 바빴어.
엄마	직장도 때려치웠는데 바쁘긴 뭐가 바빠? 요즘 같은 세상에 직장 구하기가 쉬워?
수정	엄마가 뭘 알아서?
엄마	내가 뭘 몰라? 안 봐도 다 알아.

수정	글 쓰는 데 집중하려고, 원고 마감할 것도 많고. 됐어?
엄마	아… 네!
수정	뭐야. 그 말은 내가 거짓말이라도 한다는 거야?
엄마	됐고. 저, 뭐야. 동준이랑은 어떻게 하고 있어?
수정	각자 갈 길 가기로 했어.
엄마	뭐?
수정	헤어졌다고.
엄마	아니. 왜? 이유가 뭐야?

수정, 대답이 없다. 책을 뒤적인다.

엄마	왜? 큰 소리 뻥뻥 치고 나가더니.
수정	됐어. 그만해.
엄마	나도 이유나 좀 알자. 왜? 엄마가 알면 안 되는 이유라도 있어? 바람나서 다른 여자랑 눈이라도 맞았니? 지멋대로 할 때부터 내 알아봤어.
수정	그런 거 아냐.
엄마	(책 덮으며) 그럼?
수정	동준이가… 아, 그냥. 그렇게 됐어.
엄마	그냥? 그냥은 무슨… 나쁜 놈. 내 뭐라고 했어! 이 망할 놈!
수정	그러지 마! (사이) 괜찮은 사람이야!
엄마	괜찮기는! 직업 하나 변변치 않은 백수 같은 놈이 괜찮기는 뭐가 괜찮아.
수정	길거리에 널린 게 청년 실업자야. 생존의 문제 앞에서, 끊

임없는 경쟁 속에서… 항상 좌절하는 게 요즘의 청춘들이
야. 비정한 세상에 태어난 게 문제라면 문제지.

엄마 왜 세상 탓이야. 마음만 먹으면 뭘 해도 살아. 긴말 필요
없어. 당장 짐 싸서 들어와.

수정 싫어.

수정, 일어서서 나가려 한다.

엄마 나! 일 그만뒀어.

수정 뭐?!

엄마 일 나가는 거 그만뒀다구.

수정 엄마가? 왜?

엄마 너도 내 나이 돼봐라. 몸이 말을 안 들어. 언제 한 번 쉬어
본 일이나 있니?! 이참에 네 오빠한테도 한 번 가보고.

수정 (머뭇거리다) 잘 생각했어.

엄마 근데, 너 오빠하고 연락한 적 없어?

수정 나도 연락 안 한 지 좀 됐어.

엄마 무심한 거.

수정 내가 뭐가 무심해. 오빠랑은 엄마가 더 잘 통하잖아.

엄마 전혀 몰라?

수정 왜? 무슨 일 있어?

엄마 계속 연락이 안 돼. 전화기도 꺼져 있고.

수정 바빠서 그렇겠지. 별일이야 있겠어?

엄마 넌 궁금하지도 않니? 네 머리에는 도대체 뭐가 들었니?
내 뱃속으로 난 자식이지만 도무지 알 수가 없다.

수정	오빠가 전화 안 받는 걸 가지고 왜 나한테 그래. 그럼, 당장 통영에라도 다녀오던지.
엄마	안 그래도 가볼 생각이야. 너, 나랑 같이 가자.
수정	나 바빠. 원고 마감할 것도 있고.
엄마	우리 함께 여행 간 적도 없잖아.
수정	여행은 시간 날 때 가면 되지.
엄마	수정아.
수정	다른 할 말 없으면 간다.
엄마	앉아 봐.
수정	왜 또?

(사이)

엄마	정말 동준이하고는 완전히 헤어진 거야?
수정	뭘 또 물어? 아까 이야기 다 했잖아.
엄마	사람 인연이란 게 그렇게 쉽게 만나고 헤어지고… 그런 게 아니잖아.
수정	우리 인연은 여기까지겠지.
엄마	내가 그놈 한 번 만나볼까?
수정	엄마가 왜?
엄마	책임감이 있어야지. 우리 딸을 꼬였으면… 내 만나서 혼쭐을 내야겠어.
수정	누가 누굴 꼬였다고 그래?
엄마	그럼, 아냐? 남자와 여자가 만나는 데는 책임이 따르는 거야.

수정	그건 옛날 말이지. 서로 책임질 일 없어.
엄마	수정아.
수정	좋으면 만나고 싫어지면 헤어지는 거. 너무 당연한 거야! 서로의 자유를 구속하거나 구속당하거나 하는 것도 싫고! 결혼이라는 테두리에 굳이 묶어 놓고 꼼짝 못하게 하는 건 더욱 싫어.
엄마	시끄러! 네 아빠가 벌떡 일어나서 쫓아 올 일이야.
수정	죽은 아빠 이야기는 왜 또… 그만해! 그런 걸로 더 싸우고 싶지 않아.

잠시 어색한 침묵이 흐른다.

엄마	아빠 산소에는 언제 갔었니?
수정	지난주에. 그건 왜?
엄마	꽃다발이 있더라. 네가 왔다 갔나보다 했어.
수정	아빠 기일이었잖아.
엄마	네 아빠가 있었음 좀 달랐을 텐데.
수정	만약 아빠가 계셨어도 내 앞가림은 내가 해. 그러니까 엄마도 죽은 아빠 생각은 그만하고 엄마 인생 찾아. 남자 친구도 만나고.
엄마	이 나이에 무슨!
수정	좋은 남자 생겨서 재혼이라도 하면 더 좋고.
엄마	그만해라.
수정	나도 마음 홀가분하고 좋잖아.
엄마	그만하라니까. 철딱서니라고는….

수정	일도 그만뒀는데 뭐 할 거야? 문화센터 같은 데 한번 나가 보든지.
엄마	여태 고생하며 살았는데 뭘 또 해.
수정	뭘 하라는 게 아니라. 사람들도 만나고 배우고 싶은 거 있으면 가서 배우라고.
엄마	이 나이에 배워서 어디다 써먹어. 됐어.

어색한 침묵 흐른다.

수정	더 할 말 없으면 간다.
엄마	앉아 봐.

수정, 머뭇거리다 다시 앉는다.

엄마	다시 취직이라도 하든지.
수정	엄마.
엄마	그놈이 도망간 것도 네가 일을 그만둬서 그런 거야.
수정	엄마!
엄마	니가 돈 잘 벌고 있었으면 그놈이 도망갔겠어? 돈 없으면 못 사는 세상이야. 인생이 서글퍼져. 알아?
수정	단지 돈 때문에 취직하는 거 싫어. 그렇게 돈에 쫓기면서 살다 보면 내 인생은 뭐가 남는데?
엄마	인생 살아보면 별거 없어.
수정	알아서 할게. 그리고 내가 하고 싶은 일은 글 쓰는 거야!
엄마	글 쓰는 건 다른 일 하면서 해도 되잖아.

수정	엄마. 엄마는 가슴이 막 끓어오르는 뭐 그런 거 느껴 본 일 있어? 없지?
엄마	나도 있어! 네 아빠하고 고생고생하다 처음으로 이 집 샀던 날. 아, 또 있네. 네 아빠 죽고 나서 내 손으로 처음 돈 벌었을 때. 그걸로 니들 좋아하는 통닭 사 들고 집에 오던 날. 넌 모를 거다.
수정	그런 거 말고. 엄마 자신의 일! 엄마는 꿈도 없었어?
엄마	꿈꿀 시간이 없었지. 꿈이 없지는 않았어.
수정	그래. 그런 꿈!
엄마	지금까지 내가 버틸 수 있었던 건 꿈이 아니라 너랑 네 오빠였어.

잠시 무거운 침묵이 흐른다.

| 수정 | 나한텐 글을 쓰는 거. 그게 나를 이렇게 버티게 하는 힘이라구. |

수정, 나가려 한다.

엄마	(엄마, 현기증을 느끼며 쓰러지는 듯) 수정아!
수정	엄마!

수정, 엄마에게 다가가며

| 수정 | 엄마, 괜찮아? |

엄마	물이나 한잔 줘.

수정, 물을 한 잔 가지고 와서 엄마에게 건넨다.

수정	어디 안 좋은 거야?
엄마	(머뭇거리다) 빈혈. 병원에서 빈혈이 있는데.
수정	괜찮은 거야?
엄마	괜찮아. 그만 가봐.
수정	정말 괜찮은 거야?
엄마	괜찮으니까 엄마 속 그만 긁고 가봐.

수정, 일어난다. 나가려다 돌아서서

수정	오빠한테 갈 거면 전화해. 터미널까지 태워 줄게.
엄마	김치 싸줄 테니까 가져가.
수정	아냐. 필요 없어.

수정, 나간다.
엄마, 가는 수정을 바라본다.
엄마, 아픔이 밀려온다. 괴로워하다 약을 꺼내 먹는다.
엄마, 진정이 된 듯. 멍하게 하늘을 보며

엄마	여보! 거긴 편해?

(암전)

#4장

조명이 밝아지면

수정, 집안을 왔다 갔다 하며

수정   비가 내리면 햇빛을 못 받을까 염려하고 태양이 내리쬐면 비가 안 올까 염려하면서 살아온 시간. 엄마는 그녀가 어디에 가건 강한 잡초이기를 바랬다. 엄마는 그녀가 무엇을 하건 따스한 온실에서 편안하기를 바랬다. 따스한 온실에서 자라는 강한 잡초. 하지만 세상 누구도 온실에서 자라는 잡초를 그냥 내버려 두지 않았다. 절대 내버려 두지 않는다.

전화벨 소리 울리면 머뭇거리다 전화 받는다. 동준에게서 걸려온 전화다.

수정   어, 나야! 아직, 병원 안 갔어… 넌 어떻게 그렇게… 너한테 책임져 달라고 한 적 없어. 그리고 니 아이 아니야! 내 아이야!

수정, 전화 끊고 생각한다.

수정   메마른 자존심에 홀로 자란 작은 코스모스. 엄마라는 것. 엄마가 된다는 것. 그건 외로움이다. 할머니의 딸인 엄마 역시 예외는 아닐 것이다. 일터에서 잘린 것인지 정말 스스로 그만둔 것인지는 알 수 없었지만, 엄마의 그 공허함은 매번 전화기를 통해 그녀에게로 전해져 왔다. 그것이 그녀를 불안하게 했다. 그녀의 엄마는 홀로 여행을 떠났고 어디로 가는지에 대해서도 밝히지 않았다.

조명이 바뀌면서 수정의 모습은 흐릿해지고, 엄마의 모습이 멀리서 보인다.
엄마, 버스 정류장 앞에 앉아있다.
버스, 멈췄다가 다시 출발해서 멀어져가는 소리.
엄마, 버스 지나가는 것을 물끄러미 바라보고만 있다.

엄마   (혼자 묻고 답하기를 계속한다.) 저 버스 어디로 가는지 알아? 모르겠어. 어디로 가는지. 어디로 가야 될지도. 모르겠어. (사이) 수혁이 면회? 못했어. 돈만 몇 푼 넣어 주고 나오는데… 발이 땅에 딱 붙어서는… 얼굴이라도 보고 싶었는데… 나 우는 거 아냐. (사이) 어디로 갈까? 바다가 보고 싶은데. 그리고 흐드러진 코스모스랑. 당신도 기억나지? 우리 고향.

엄마, 천천히 어디론가 발걸음을 옮긴다.
조명이 바뀌면서 엄마의 모습은 사라지고, 수정의 모습이 드러난다.

수정   며칠이 지났을까? 엄마는 아무 일 없었다는 듯이 집으로 돌아왔다.

엄마, 들어오며

엄마	집에 와 있었네! 웬일이니?
수정	어디 갔었어? 도대체 전화도 안 되고.
엄마	바람 쐬러.
수정	연락은 돼야 할 거 아냐! 왜 사람 걱정하게 만들고 그래?
엄마	살다 보니 니가 내 걱정을 할 때도 다 있네.
수정	그럼, 걱정 안 해?
엄마	근데 너, 얼굴이 왜 그래? 바짝 말라가지고 눈이 쾡한 게. 무슨 일 있어?
수정	(당황하며) 감기몸살. 계속 피곤이 쌓여서.
엄마	그러니까 엄마 말 좀 들으면 좋잖아. 고집만 세서.
수정	도대체 어딜 다녀온 거야?
엄마	시골에.
수정	시골? 어디?
엄마	죽포리.
수정	죽포리? 거기가 어디야?
엄마	엄마 고향.
수정	엄마 고향은 여수라며?
엄마	거기가 여수야.
수정	그래? 거긴 어떻게 갔어?
엄마	어떻게 가기는. 기차 타고 버스 타고.
수정	갑자기 거긴 왜?
엄마	그냥 여행!
수정	좋았어?
엄마	조용하고 편안하고. 엄마 어릴 적 그대로. 하나도 안 변했더라.
수정	누구 아는 사람이라도 있어?

엄마	한 30년 만에 만났나? 엄마 어릴 때 친구. 참 많이 늙었더라. 얼굴이 새까맣게 타서는. 나도 거기서 살았으면 그렇게 됐겠지? (사이) 나가면 집 앞에 코스모스가 길 따라 피었어. 바다는 눈앞에 훤히 보이고.
수정	바다에서 바람이 불어오면 코스모스가 좋아서 막 웃어주고. 그럼, 바람이 바다 이야기를 해주고, 코스모스는 그 이야기를 듣고 있고.
엄마	그래. 그런 느낌. 그 친구랑 밤새 수다 떨고. 아침에 친구가 일 나가고 나면 혼자 마당 앞에서 햇살을 보고 그냥 앉아있기도 하고.
수정	아침 햇살은 바다를 깨워 같이 놀자고 하고.
엄마	그래. 세상 참 편하더라. 지금도 거기 코스모스가 눈에 선하다.
수정	코스모스는 여기에도 많아.
엄마	여기 코스모스랑은 달라!
수정	엄마가 찾는 코스모스는 특별하다? 그래, 죽포리에 있던 코스모스는 뭔가 특별했어?
엄마	넌 글 쓴다는 애가 척하면 모르니?
수정	오빠한테는 안 갔어?

엄마, 물 한 잔 마시고 생각에 잠긴 듯 있다가 수정을 보며 한참 뜸을 들인다.

수정	왜 그래?
엄마	당분간 오빠 못 본다.
수정	무슨 말이야? 아, 왜 그래?

엄마	수혁이… 지금 교도소에 있다.
수정	뭐? 교도소라니? 왜?

엄마, 가방에서 글이 빼곡하게 적힌 편지를 수정에게 건넨다.

수정, 편지를 받아 들고

수정	이게 뭔데?
엄마	….
수정	이게 뭐냐고?
엄마	읽어 봐!

수정, 편지를 펼쳐서 읽는다.

엄마, 가만히 앉아 멀리 보고 있다.

수정, 소리 없이 편지를 읽고 엄마를 바라본다.

엄마, 이야기를 시작한다.

엄마	못난 놈!
수정	엄마.
엄마	왜 그렇게 바보야? 저 죽을 길을 알면서 가는 그런 바보가 어디 있어!
수정	오빠 바보 아니야!
엄마	거기 관두면 뭐든 해서 못 먹고 살까!
수정	오죽 답답했으면 그랬겠어. 그저 방관하고 밟히면 끊임없이 당하고 반복 되! 오빠는 부당한 일에 대항한 것뿐이야! 누구든 나서야 했는데 어쩔 수 없이 그게 오빠였던 거지.

엄마	저 혼자 나서서 교도소 가면 그뿐이야? 그리고 나오면 뭐가 되는데?
수정	엄마 아들이야.
엄마	못난 놈. 무책임한 놈.
수정	엄마는 엄마 아들 못 믿어? 그럴만한 이유가 있었겠지.
엄마	잘했다는 거니? 니 아빠는 이 공장에서 저 공장으로 쫓겨 다녀도 너희들 생각하면서 참고 일했어. 그게 니 아빠야!
수정	그래서 뭐가 나아졌는데. 그렇게 참고 살아서 뭐가 달라졌는데? 아빠가 얻은 거라고는 폐병으로 고생한 거. 그러다 돌아가신 거. 그것 말고 뭐가 있어!
엄마	뭐? 그럼, 네 아빠가 잘못했다는 거야?
수정	아빠가 잘못하셨다는 게 아니라 세상이 그렇다는 거야.
엄마	뭐?
수정	시키는 대로 일하고 나가라면 나가고. 그냥 그렇게 하니까 사람이 사람대접을 못 받는 거야. (사이) 그리고 … 나 … 임신했어!
엄마	뭐? 너, 방금 뭐라고 했어?
수정	임신했다고!

엄마, 쓰러지듯 앉는다.

엄마	얼마나 됐니?
수정	….
엄마	망할 년!
(사이)	

엄마	그래서. 어떻게 할 거야?
수정	걱정하지 마. 알아서 할게!
엄마	뭘 어떻게 알아서 할 거냐고?
수정	키워야지.
엄마	그놈은 뭐래? 그래. 당장 그놈부터 만나자. 그리고 상견례 하고.
수정	내가 알아서 할게!
엄마	아니야. 내가 만나야겠어. 내가 직접 만나서 이야기해야 겠어.
수정	내가 알아서 한다니까!
엄마	혼자 키우겠다는 거니?
수정	떠난 사람은 떠난 사람이야.
엄마	그걸 말이라고 해! 망할 년. 이 망할 년!
수정	자꾸 그러지 마! 나 안 망해!
엄마	애는 뭐 해서 키울 거야?
수정	할 수 있어!
엄마	어떻게?
수정	글 쓸 거야! 지금 진행 중인 책도 있어.
엄마	정신 좀 차려라 제발! 애한테는 아빠가 있어야 돼!
수정	아빠는 바깥일 하고 엄마는 집에서 애기 보고? 난 그렇게 사는 거 싫어! 엄마 말처럼 어차피 그 인간 능력도 없어!
엄마	세상에! 수정 아빠! 거기 하늘에서 뭐 하는 거야? 이를 어 쩌면 좋아? 이를 어쩌냐구?

(암전)

#5장

조명이 밝아지면
수정, 혼자 있다.

수정   편지를 받자마자 엄마는 교도소엘 갔지만, 오빠는 면회를 거절했고 엄마는 오빠를 만날 수가 없었다. (사이) 무엇이 오빠를 그렇게 움직이게 했을까? 오빠는 단지 자신의 처지를 보여주고 싶지 않아서 그랬을까? 아니면, 세상을 버리고 철저한 도피를 시작한 것일까? (사이) 삶은 설명할 수 없는 복잡한 생각들로 가득하다.
오 물고기여, 작은 황금 물고기여, 조심하라! 세상에는 너를 노리는 올가미와 그물이 수없이 많으니. (사이) 황금물고기에서 소녀 라일라의 생명력은 진정한 자신을 찾아가는 여정이다. 오빠는… 아니, 나는… (사이) 엄마는 불편한 마음을 안은 채 고향에 있는 친구를 찾아갔다. 그것으로 엄마는 작은 위안이나마 받고 싶었지만, 눌어붙은 찌꺼기의 흔적은 점점 더 엄마를 괴롭히고 있었다.

수정, 편지와 가방을 챙겨 나간다.
엄마, 수정이 나가고 나면 천천히 나온다.

엄마   여보… 어떻게 해? (사이) 당신 아파서 누워있을 때… 애들이 인형이랑 게임기 사달라고 때 쓰고 울던 거. 생각나?

당신이 사탕 꺼내 주면서 달랬잖아… 지금은 어떻게 해? 사탕으로는 안 되겠지? 인형도 사 줄 수 있고 게임기도 사줄 수 있는데… 아무 것도 할 수 있는 게 없네. 아무것도.

(사이)

여보… 나 힘들어.

(사이)

수혁이는 나 보는 게 미안한가 봐. 안 그래도 되는데. 그냥 나 보고 막 울어도 되는데. 나도 그럼, 막 울 수 있잖아. 같이 막 그렇게 울기라도 하면 좋겠는데… 미안해. 수정이 말이야. 당신 말대로 좋은 남자 만나게 해서 고생 안 시키려고 했는데… 당신 부탁 못 들어줘서 미안해. 그런데… 우리 수정이 어떻게 해? 응? 말 좀 해봐! 응?

엄마, 고통이 밀려오다 잠시 참을 만하다.
엄마, 고통이 심하게 밀려온다.

조명이 서서히 바뀌면
엄마의 모습은 흐릿해지고, 멀리서 수정의 모습이 보인다.
수정, 오빠의 면회를 다녀온 후. 알 수 없는 곳에 홀로 있다.

수정   오빠는 나의 면회도 거절했다. (사이) 세상 끝에서 나는 불안한 냄새. 인생이 끝나버린 냄새. 그 불안한 냄새가 나를 꽁꽁 묶어버리고 있다. (사이) 나는 떠날 것을 결심했다. 나는 이 불안한 냄새로부터 벗어나고 싶었다.

(사이)

아빠 없는 아이! 아이를 위해서, 나를 위해서, 나는 떠날 것을 결심했다.

(수정, 배 속에 아이를 느껴본다.)

아빠. 나 이제 엄마가 될 거야. 아빠 떠난 후로 엄마도 나처럼 힘들었겠지.

걱정하지 마. 잘 키울게. 아빠. 나 잘할 수 있겠지?

조명이 서서히 바뀌면

수정의 모습은 사라지고, 엄마의 모습이 보인다.

엄마, 등을 보인 채 돌아누워 있다.

수정, 자신의 방에서 나온다.

수정	엄마, 좀 괜찮아?
엄마	너 이제 어떻게 할 거야?
수정	나중에 얘기해.
엄마	나중에 언제?
수정	엄마.
엄마	(일어나 앉으며) 말 나온 김에 지금 이야기 다 해!
수정	생각할 시간도 필요하고.
엄마	무슨 생각? 무슨 시간? 네 배 속에 애기가 다 자라고 나서? 이야기해 봐?
	어떻게 할 거냐니까?

수정, 대답이 없다.

엄마	똑똑한 네 생각 좀 들어 보자. (사이) 얼른!
수정	프랑스에 갈까 해!
엄마	뭐?
수정	프랑스에 있는 선배가 도와준대.
엄마	말도 안 통하는 데 가서 어떻게 살려구?
수정	거기에서 다시 시작하고 싶어.
엄마	그 나라에서는 무조건 어서 오세요, 그런다던?
수정	미혼모라고, 놀림 받으면서 키우고 싶지는 않아.
엄마	그래서, 거기 가면 다 해결될 것 같아? 넌, 도저히 못 말리겠다.
수정	엄마, 나 그냥 믿어 주면 안 돼?
엄마	그러지 말고 나랑 같이 병원 가자.

수정, 대답이 없다.

엄마	더 늦기 전에 병원 가자고.
수정	아니! 그럴 순 없어!
엄마	다 널 위해서 하는 말이야.
수정	엄마가 어떻게 그런 말을 할 수 있어? 난, 그럴 수 없어! 절대로!
엄마	그럼, 동준이 그 녀석 만나서 이야기라도 해보자.
수정	싫어. 만나서 뭐라 그래? 결혼하자고 빌어? 그러라고?
엄마	이것도 싫다. 저것도 싫다. 그럼 어떻게 하겠다는 거야?
수정	그러니까. 나가서 살겠다고.
엄마	그렇게는 못 해!

수정	이제 스스로 책임질 것만 남았어.
엄마	무슨 책임? 네 오빠도 저러고 있는데 너까지 왜 이러니?
수정	난 내 책임을 다할 생각이야. 그리고 오빠도 오빠의 책임을 다할 거라 믿어.
엄마	나쁜 년!

엄마, 방으로 들어간다.

(사이)

수정	(혼잣말) 예고 없이 일어나는 일. 아니, 일보다는 사건이나 사고라는 말이 어울리겠다. 사건은 갑작스럽게 찾아온다. 갑작스럽다는 것은 아무런 대비가 없다는 것과도 일맥상통한다. 모녀는 그랬다.

(사이)

엄마, 넋을 잃은 모습으로 나온다.

엄마	우리 이 집 내놓고 같이 이사 가자!
수정	이사?
엄마	그래. 이사! 이사 가면 뭔가 달라질 거야. 이 집에 너무 오래 살았어. 가구도 새로 사고 집도 예쁘게 꾸미고. 네 마음에 들게. 그럼, 아마 마음도 뭔가 바뀌고 그럴 거야.
수정	어디로?
엄마	죽포리!
수정	죽포리?

엄마	그래. 시골이라 그렇게 비싸지도 않을 거야. 바닷가 가까운 데에 집을 얻는 거지. 작은 마당이 있는 집. 여름에는 바람도 불어주고 겨울에는 햇살도 따뜻할 거다. 밤에는 별도 많고.
수정	거기라고 별수 있겠어?
엄마	너 글 쓰고 싶으면 거기서 마음대로 해. 여기보다는 글을 쓰기도 거기가 훨씬 좋을 거야. 앞에는 바다에 뒤에는 산. 얼마나 좋아! 그것들이 애도 저절로 키워 줄 거야. 내 정신 좀 봐. 그럼, 내 지금 얼른 다녀올게.
수정	엄마!
엄마	쇠뿔도 단김에 빼랬다! 넌 그리 알고 준비하고 있어!
수정	몸도 그래 가지고 어딜 간다고 그래?
엄마	너 배 불러오기 전에 가야 하니까. 서둘러야 돼! 얼른 다녀올게.
수정	엄마. (엄마 나가고 천천히 돌아서서) 엄마. 엄마. (울먹이며 점점 큰 소리로) 그러지 마! 내가 힘들면 엄마가 더 힘든 거. 힘들다 하면 안 되는 거 알아… 엄마… 나 힘들지 않아. 시간이 지나면 다 괜찮아질 거야. 나 잘 할 수 있어. 아빠도 지켜줄 거야. 그러니까 엄마도 힘들어하지 마.

(암전)

[에필로그]

비행기 소리 지나가면 안개 짙게 깔린다.

아기 웃는 소리, 파도 소리

조명이 밝아지면

수정, 프랑스에 있다.

엄마, 고향 죽포리에 있다.

바다 위로 물안개 가득하고 그 뒤로 서서히 동이 트기 시작하는 이른 새벽이다.

수정	엄마, 엄마 사랑하는 거 알지?
엄마	여보! 저기 바다에 물안개 올라오는 것 좀 봐.
수정	엄마, 다시 가을이 오면… 그때가 되면….
엄마	우리 수정이 시집가면 결혼사진도 찍고, 큰절하는 것도 받아보고, 살림살이 챙겨서 그렇게 보내고 싶었는데… 못했어.
수정	엄마! 우리 아이 잘 키울게… .
엄마	수정이 돌아오면 손주 녀석이랑 밥도 먹고 재롱떠는 것도 보고, 우리 수혁이 나오면 된장찌개에 아침도 한번 먹이고…
수정	엄마, 나 이제 거의 다 썼어. 책! 엄마 이야기….
엄마	내 새끼들 한 번 껴안아 주고, 못된 엄마 노릇 조금만 더 하고 그러구 갈게… 그러니까 지금은 안 돼.

수정　　　엄마, 다시 가을이 오면… 그때가 되면….

물안개 피어오르는 사이로 햇살 한 줌 비친다.

엄마　　　아가. 우리 아가!
수정　　　엄마! 이 코스모스 좀 봐! 막 소곤거리고 있어.
엄마　　　뭐라구?
수정　　　바람 이야기. 바다에서 불어오는 바람!
엄마　　　아가. 이리 온.

엄마, 엷은 미소를 지으며 말없이 천천히 돌아선다.

수정　　　엄마! 가지 마. 엄마! 엄마 사랑해! 엄마. 엄마! 엄마~~~!!!

- 막 -

감사의 말

발표했던 희곡들 가운데 희곡집으로 묶어내지 못한 작품들이 있다. 2006 「재재와 루돌프」, 2009 「행복을 굽는 헨젤과 그레텔」, 2009 「굿모닝 대디」, 2012 「짝퉁」, 2012 「사랑 톡톡톡!」, 2013 「우리 자기 여보 당신」, 2016 「심술 도깨비 친친」, 2017 「Declassify Pandora」, 「길동 포차」, 「인정 못한 인정」, 2021 「해안도로」, 이렇게 희곡집에 수록하지 못하는 녀석들을 일일이 언급하는 이유는 감사함을 기억하고자 함이다. 운이 좋게도 나의 희곡들은 한 녀석도 빠짐없이 무대에서 공연되었고, 그 공연에 함께한 모든 분에게 감사함을 기억하고자 함이다. 그리고 이번 희곡집은 최근에 발표된 작품들을 위주로 싣게 되어 부득이 함께 묶어내지 못함에 대한 죄송한 마음을 전하고자 함이다. 언젠가 기회가 닿는다면 다시 정리해서 희곡집으로 묶어낼 수 있길 바라며….

연극에 대한 고집스러움으로 공간소극장을 지켜내며 희곡집을 내기까지 20년이 지났다. 묵묵하게 아들의 삶을 지켜주시는 부모님, 인생의 동반자로 늘 힘이 되어주는 황미애 배우님, 우리 가족들, 그리고 나의 희곡을 무대에 올릴 수 있도록 함께해 주신 모든 분들에게 진심으로 감사드린다.

2024년 6월

전상배

삶의 우연과 아름다움을 노래하는
두두콘텐츠그룹

춤추는 영혼들
ⓒ 2024, 전상배

초판 1쇄	2024년 6월 25일
지은이	전상배
펴낸이	윤진경
책임편집	박정은
디자인	손유진
마케팅	최문섭, 김윤희
펴낸곳	두두북스
등록	2008년 11월 12일(제338-2008-6호)
주소	부산광역시 수영구 연수로357번길 17-8
전화	051-751-8001
팩스	0505-510-4675
전자우편	doodoobooks@naver.com

ISBN 979-11-91694-25-3   03810

※ 본 사업은 2024년 부산광역시, 부산문화재단 〈부산문화예술지원사업〉으로 지원을 받았습니다.